の日のアイリス

Iris on rainy days

松山 剛
TAKESHI MATSUYAMA

イラスト●ヒラサト
illustration HIRASATO

家庭用ロボット、アイリス。
主人との穏やかな
日常を過ごしていたのだが……。
アイリス・レイン・アンヴレラ
アンヴレラ博士に仕える家庭用ロボット。

Psychohistory
ウェンディ・フォウ・アンヴレラ
ロボット研究の第一人者。アイリスの主人。

降り続く雨の日に
出会ったのは、
ちょっと変わった
二人のロボットだった――。
リリス・サンライト
解体工事現場で働く労働用ロボット。

ボルコフ・ガロッシュ
リリスと共に働く元軍事用ロボット。

深夜、彼らは本を読む。
物語を楽しむために。
そして自分を知るために。

「フラウは思いました。
自分は今まで、本当に
ダークの役に立ってきたのだろうか、と。
それから、こうも考えました。
ダークの役に立てなくなったら、
自分はどう生きていけばいいのだろう」

――『三流魔神ウェザー・ダーク』
ダークに仕えるフラウ・スノウの独白より

Iris on rainy days

CONTENTS

Designed by
Toru Suzuki

雨の日のアイリス

Iris on rainy days

松山 剛

TAKESHI MATSUYAMA

イラスト●ヒラサト

illustration HIRASATO

ここにロボットの残骸《ざんがい》がある。

その左腕《うで》は肩《かた》の部分からごっそりとなくなっており、残った右腕も関節があらぬ方向に曲がっている。下半身はちぎれていてそもそも存在せず、腹部からは体内のチューブが臓物《ぞうもつ》のようにだらしなくはみ出ている。

一見するとただのスクラップとしか思えないこのロボットだが、かつては人間の家で働き、主人に愛されて幸せに暮らしていた。

HRM021－α《アルファ》、登録呼称アイリス・レイン・アンヴレラ。

それがこのロボットの名前である。

この記録は、オーヴァル大学第一ロボティクス研究所のラルフ・シエル実験助手によって、HRM021－α《アルファ》の精神回路《マインド・サーキット》データを再構成したものである。

Iris on rainy days

【第一章】解体

「いってらっしゃいませ！
早く帰ってきてくださいね！」
（アイリス・レイン・アンヴレラ）

【七日前】

ヴィーナス噴水《ふんすい》広場の中央には、美しい女神像が立っている。

すらりと長い手足に、絹のように白い肌《はだ》、そして豊かな胸。彼女は今日も穏《おだ》やかな微笑《びしょう》をたたえて人々を静かに見守っている。

かつてオーヴァル市に戦火が及《およ》んだ際、街の大半が焦土《しょうど》と化す中で、奇跡《きせき》的にこの女神像だけは無傷で焼け残った。それ以来、女神像は希望と復興の象徴《しょうちょう》として、今でも国の最重要文化財として保護されている。

ちょうど一メートル七十センチの女神像の足元では、噴水がいくつもの流麗《りゅうれい》な虹《にじ》の花を咲かせており、周囲に配置された渋《しぶ》い茶色のベンチには、談笑するお年寄り、はしゃぎ回る子供、愛を語らう恋人たち。絵に描《か》いたような平和な光景だ。

——やっぱり、似ている。

ジジッとかすかな音を立てて、僕は視覚装置の瞳孔《どうこう》機能を調節した。正面の白い女神像に焦点を合わせて、小さく息を吐《は》く。

女神像は『博士』に似ている。僕の博士——ロボット研究の第一人者、ウェンディ・フォウ・アンヴレラ博士。背が高くて、長い黒髪《くろかみ》が美しくて、薄《うす》い銀縁《ぎんぶち》の眼鏡が似合っている、僕の自《じ》慢《まん》の博士。

　博士の麗《うるわ》しい姿を思い出しながらうっとりと女神像を見つめていると、リングシガレットの甘酸《あまず》っぱい香《かお》りが漂《ただよ》ってきた。僕は首の角度を変えて香りの元を確認《かくにん》する。

　隣《となり》のベンチでシガレットを吹《ふ》かしていたのは、紺《こん》色の背広を着た中年の男性だった。今朝の『オーヴァル・タイムス』を読みながら、さっきから僕をちらちらと盗《ぬす》み見ている。僕がにっこり微笑《ほほえ》んで会釈《えしゃく》をすると、彼は恥《は》ずかしそうに視線をそらしてしまった。

　ちなみにリングシガレットとは禁煙《きんえん》用品の一種だ。形状はその名のとおり『リング』になっていて、大きさは親指と人差し指でわっかを作った程度。吸うときはくるりと丸まったシガレットをピンとまっすぐ伸《の》ばして、先っぽに火を点《つ》ける。

　そもそもは煙草《たばこ》をやめたい人が口寂《くちさび》しさを紛《まぎ》らわせるために吸《す》う代用品だが、最近では煙《けむり》と香りを楽しむために吸う人も増えている。売れ筋は、わっかを二個くっつけた形の『8の字』タイプのもの。『8』の形をしたシガレットを二つに切り離《はな》し、片方を吸い、片方を吸殻《すいがら》入れとして用いる。

　なぜ僕がこんなに詳《くわ》しいかというと、アンヴレラ博士が愛用しているのが、まさにこの8の字リングシガレットだからだ。

　――うーん。

　僕は改めて女神像に視線を移し、少々もの思いにふける。背が高くて博士そっくりの美しい女神像。でも、少しだけ『何か』が足りないような気もする。見るたびに覚えるちょっとした違和感《いわ》。

そんなささやかな疑問に頭を悩《なや》ませていると、時間になってしまった。

――アト五分デ、予定時刻ニ帰宅不能ニナリマス。

精神回路《マインド・サーキット》の中で、無機質な電子音声が僕に帰宅を促《うなが》す。

――さて、そろそろ帰らなきゃ。

広場を背にして、僕は足早に自宅へと向かう。右手の買い物カゴには今日の晩御飯《ごはん》の材料がぎっしり詰《つ》まっている。背中にはきらきら光る濃《のう》銀色のラビルフィッシュが丸々一匹《ぴき》くくりつけられているので、道行く人が驚《おどろ》いて振《ふ》り返る。身長百五十センチの僕が全長一メートル強の魚を背負っていれば、びっくりするのも当然か。だけど皆《みな》、僕がロボットだと分かると納得《なっとく》したような顔になる。

人間かロボットかを見分ける基準は簡単だ。耳元に丸い通信アンテナ（見た目はヘッドフォンに似ている）を装備しているのがロボット、そうでないのが人間だ。「アンヴレラ邸《てい》のロボットだわ」という声が聴覚《ちょうかく》装置にキャッチされると、僕はおしとやかに微笑《ほほえ》んで会釈《えしゃく》をする。今どきお使いをしている家庭用ロボットなんて珍《めずら》しくもなんともないけど、僕の場合は博士が有名人なので街を歩くとけっこう注目を浴びる。

噴水《ふんすい》広場から十分も歩くとアンヴレラ邸に到着《とうちゃく》。ツタの這《は》った青色のアーチを見上げながら、僕は「認識番号《にんしき》HRM021-α《アルファ》、アイリス・レイン・アンヴレラです。ただいま戻《もど》りました」と発声する。「認証シマシタ。ドウゾ」と電子音声が響《ひび》いて静かに門が開く。

アンヴレラ邸はいわゆる豪邸《ごうてい》だ。駅前広場が丸ごと三つは入りそうな庭と、行政官の庁舎に勝《まさ》るとも劣《おと》らぬ大邸宅。赤レンガ造りの外壁《がいへき》が名門アンヴレラ家の歴史と伝統を感じさせる。邸宅に入ると、まず目につくのは豪勢《ごうせい》な玄関《げんかん》ホール。シャンデリアが天窓から入る陽光で極《ごく》彩色《さいしき》にきらめき、敷《し》き詰《つ》められた絨毯《じゅうたん》はまるで古城のような風格だ。壁《かべ》にはいくつもの巨大《きょだい》な絵画が掛《か》けられていて、これ一枚で一生遊んで暮らせるらしい。

木目がつややかに光る階段を横目に通り過ぎ、まずは冷蔵室に寄って魚を下ろす。身軽になったところで一階の最も西側《がわ》に位置する部屋——研究室《ラボ》に入る。この研究室にはぎっしりと機材や工具が並べられており、真っ白で、ちょっとひんやりしていて、冬の日の雪原みたいな空間だ。

壁際《ぎわ》にある乳白色のベッドに腰《こし》かけて、僕は自分のメーターを確認する。

バッテリー残量八二・五〇パーセント、体内老廃物《ろうはい》一・七三パーセント。まだまだ稼働《かどう》時間には余裕《よゆう》があるけれど、帰宅時にはバッテリーを満タンまで充電《じゅうでん》するべし、というのが博士の命令だ。だから僕はすみやかにバッテリー充電を始める。

細長いチューブの先端《せんたん》を薬用液で二度殺菌《さっきん》したあと、手首の鍵《かぎ》を開けて連結ユニットを露出《ろしゅつ》させる。このへんの手順を間違《まちが》うと真っ黒な機械油を部屋中に撒《ま》き散らすことになるので、ちよっとだけ注意が必要だ。

右手と左手、順々にチューブを差し込む。それから機械のスイッチを入れる。右の手首の連結ユニットにゆっくりと電力と補充《ほじゆう》潤滑油《じゆんかつ》が流れ込む。同時に左の手首からは茶色っぽい廃《はい》液《えき》と老廃物が吸い出されていく。

ロボット工学の一般《いっぱん》向けパンフレットでは、人間でいうと『点滴《てんてき》』に近いシステムと説明される。実際には排泄《はいせつ》と体内清掃《せいそう》も同時に行う装置なので、点滴というよりは『人工透析《とうせき》』に近い。

僕は仰向《あおむ》けに横たわってバッテリー充電をしながら、天井《てんじょう》の金属板を眺《なが》める。鏡のように磨《みが》かれた天井には姿《すがたみ》見のごとく僕の全身が映っている。

ロボットだから厳密には性別はないが、僕は一応『女の子』だ。年齢《ねんれい》設定は十五歳《さい》。白い頬《ほお》に、スカイブルーの瞳《ひとみ》、まつげの一本一本まで丁寧《ていねい》に作られた目元。栗《くり》色の髪《かみ》はわずかにウェーブがかかっており、肩《かた》に少しだけ触《ふ》れる程度の長さ。手足が長いところは博士に似ているし、顔も博士に似てそこそこ美人——だと自分では認識《にんしき》しているけど、これは客観的な意見ではない。博士がかわいいと言ってくれるから、僕もそう思っているだけかもしれない。

そして着ているのはメイド服。とてもメルヘンチックなデザインだ。頭にはひらひらしたホワイトブリム。エプロンは乳房《ちぶさ》の丸みを強調するデザイン。桃《もも》色のワンピースはウエスト部分がキュッと細く絞《しぼ》り込まれており、スカートはふんわりと広がっていて見る者にウェディングドレスを想起させる。こんな派手なメイド服を博士はいったいどこで買ってくるのか。それはいまだに謎《なぞ》である。

十二分四十一秒後、バッテリー充電が完了《かんりょう》する。バッテリー残量九九・九三パーセント、体内老廃物〇・〇二パーセント。

——よし、規定値クリア。

僕はベッドから飛び上がるように体を起こし、研究室《ラボ》を出る。向かうは調理室。夕食の支度《したく》をさっさと済ませてしまおう。

高級レストラン顔負けの広大な調理室で、ビル・ラビル鍋《なべ》を作り始める。鍋も水道もガス台もたくさんあるが、結局いつも左端《はし》の同じ場所で調理している。博士はお金持ちなのだから料理人の十人や二十人雇《やと》えばいいのに、今まで誰《だれ》ひとり雇った例《ためし》はない。というか料理人だけでなく使用人は誰も雇わないので、この広いアンヴレラ邸《てい》を僕はたった一人で切り盛りしている。炊事《すいじ》・洗濯《せんたく》・掃除《そうじ》・その他もろもろの家事で八面六臂《はちめんろっぴ》の大活躍《だいかつやく》だ。

ラビルをザクザクと包丁でさばき、桃色の切り身を手で軽く持ち上げる。

——二〇〇・〇〇二五グラム。こんなもんかな。

精神回路《マインド・サーキット》から検索《けんさく》したレシピどおりに、僕は着々とビル・ラビル鍋の下ごしらえを進める。

ちなみに『ラビル』はサーモンに似た赤身の魚だけど、『ビル』は人名から来ている。なんでも昔、ビルという漁師《りょうし》さんが一本釣《いっぽんづ》りした巨大《きょだい》ラビルを一晩でペロリと平らげたらしい。そのときの料理法がラビルをブッ切りにしてありあわせの調味料といっしょに煮込《に》んだ——というのがビル・ラビル鍋《なべ》の起源だ。こう聞くとなんだかひどく大ざっぱな料理だが、おいしく作るにはわりとコツがいる。火加減は微妙《びみょう》な調整が必要だし、灰汁《あく》をすくい続けるのもなかなか根気のいる作業だ。

最初に包丁を入れてから二十七分十二秒で所定の作業が完了《かんりょう》。余った食材は冷凍庫《れいとう》に運び入れて保存。博士は滅多《めった》に知人を招かないので、どうやら当分は冷凍庫の肥やしになりそうだ。食材の購入量《こうにゅう》といい、このだだっぴろい調理室といい、わがアンヴレラ邸《てい》はどうにも無駄《むだ》が多い。

そんなことをブツブツぼやいていると、頭の中で電子音声が響《ひび》いた。

——ウェンディ・フォウ・アンヴレラ博士、ゴ帰宅デス。

「来たっ！」

僕は飛び跳《は》ねるように調理室を出て、玄関《げんかん》ホールを抜《ぬ》け、ドアを勢いよく開いて外に出る。スカートを翻《ひるがえ》しながら前庭を一直線に駆《か》け抜ける。

——博士、博士、博士！

青いアーチをくぐってきたのは、すらりと高い背、長い黒髪《くろかみ》、そして白鳥のような軽《かろ》やかな外套《がいとう》をまとった化粧《けしょう》っ気《け》がないけど美しいお顔の女性——僕の博士がゆっくりと歩いてくる。そっと僕に手を振《ふ》ってくれる。

僕はバッテリー消費をまったくいとわず博士に向かって全力疾走《しっそう》する。百メートルを九秒ほどのタイムで走り、博士の三メートル手前で急ブレーキ。汗《あせ》もかかないし、息も切れないが、体は熔鉱炉《ようこうろ》みたいに熱を帯びてカッカと燃えている。精神回路《マインド・サーキット》では博士の映像がぐるぐると回る。

「お帰りなさいませ、博士！」

僕は両腕《うで》を広げて満面の笑《え》みで博士を迎《むか》える。オーバーアクションであふれる愛情をあますところなく表現する。

博士は僕を見ると優《やさ》しく微笑《ほほえ》み、口元のリングシガレットの火を消して吸殻《すいがら》入れに放《ほう》り込んだ。甘酸《あまず》っぱい香《かお》りが僕の嗅覚《きゅうかく》装置をくすぐる。

「ただいま、アイリス。今日もいい子にしてた？」

女性にしてはちょっと低めの、クールで落ち着いたトーンの声。やや鼻の頭にずれた銀縁《ぎんぶち》の眼鏡が博士の理知的な顔だちをさらに引き立たせている。

「はい！　博士のアイリスは今日も超《ちょう》・超・いい子にしてました！」

「そう。晩御飯《ごはん》は？」

「お言いつけどおり、ビル・ラビル鍋です！」

「よしよし」

博士が僕に右手を伸《の》ばす。

――来るぞ、来るぞ！

僕はうずうずしながら、この瞬間《しゅんかん》を待つ。

博士の手が、そっと、僕の頭に触《ふ》れる。栗《くり》色の髪《かみ》の毛をわしゃわしゃと、優《やさ》しく、でもちょっとだけ乱暴に撫《な》でる。

至福。

僕は首筋を触《さわ》られた子猫《こねこ》みたいに喉《のど》をゴロゴロ鳴らしながら、博士の柔《やわ》らかい手の感触《かんしょく》と、鼻腔《びこう》をくすぐるシガレットの甘酸《あまず》っぱい香《かお》りを存分に楽しんだ。

◯

夕食の時間は僕にとって緊張《きんちょう》の一瞬だ。

博士がゆっくりとラビルの切り身を鍋《なべ》からすくう。その切り身がさらにナイフで切り分けられ、フォークで突《つ》き刺《さ》され、博士の薔薇《ばら》色の唇《くちびる》に吸い込まれていく。

咀嚼《そしゃく》に合わせて博士の頬《ほお》がわずかに動く。僕は若干《じゃっかん》危ない目つきでじっとその様子を見守る。

――博士、どうですか？　おいしい？　ねえ、おいしい？

僕は内心で質問を繰《く》り返しながら、傍《かたわ》らに控《ひか》えて博士の感想を待つ。

「うーん……」

博士が首をひねる。途端《とたん》に僕は精神回路《マインド・サーキット》が冷える。人間でいうと背筋が寒くなる感じ。

「あのあの、ななな何か不手際《ふてぎわ》が!?」

僕は軽い目まいを覚えながら早口で尋《たず》ねる。家事万能を矜持《きょうじ》とするこのアイリス・レイン・アンヴレラにとって、『料理がまずい』というのは存在意義を問われる一大事だ。

「はっきり言うと……」

博士は形のよい眉《まゆ》を片方だけ上げて、あからさまに不機嫌《ふきげん》そうな声を出した。

「は、はっきり言うと？」僕は頬をぴくぴくさせながら次の言葉を待つ。

すると、博士はかすかに口の端《はし》を上げて微笑《ほほえ》み、出し抜《ぬ》けにこう言った。

「とってもおいしいわ」

僕はびっくりして「……へ？」と間の抜けた声を出す。

「あ……えっ？　だって、お口に合わなかったんじゃ……？」

「ううん、とってもおいしいわ。特に火加減が絶妙《ぜつみょう》ね」

「…………」

「……おや、どうしたのかねアイリス君？　鳩《はと》が豆鉄砲《まめでっぽう》を食らったような顔して？」

博士は基本、Ｓなのだ。ＳＭでいうＳ。サディスト。この単純かついじわるなトラップに僕はいつも引っかかる。ちなみに今ので通算二十四回目。ロボットの悲しい性分で、こんなどうでもいいデータまでついついカウントしてしまう。

「もう、博士っ！　そういうジョークはやめてくださいって言ってるでしょ！」

僕はムキになって博士に紙ナプキンを投げつける。

「こらこら。ナプキンがもったいないでしょ」

「それを言ったら今日のラビル鍋《なべ》のほうがもったいないです！　丸々一匹《ぴき》仕入れてどうするつもりですか！」

博士は「そのうち食べるわ」と気のない返事をして、食事を再開する。僕は「嘘《うそ》ばっかり……」と紙ナプキンの最後の一個を丸めて投げつける。ポコリと博士の腕《うで》に当たる。

「うん、やっぱりおいしい。アイリスは本当に料理が上手ね」

博士はわざとらしい感想を言いながらラビルの切り身を口に運ぶ。僕はあきれた顔をしつつも、おいしそうに食事をする博士の横顔を見て、内心ちょっと満足する。

夕食が終わると博士はシャワールームに行った。僕は食器をかたづけながら博士との他愛《たわい》ないやりとりを思い出し、クスリと笑ったり、ムッとしたり、またウフフと気味の悪い笑《え》みを浮かべる。

今日も博士はきれいで、いじわるで、優《やさ》しくて、僕を撫《な》でてくれた。

――うん、満足。ここまで申し分なし。

静かな夜は少しずつ過ぎ、やがて就寝《しゅうしん》の時間となる。僕はお気に入りの花柄《がら》模様のパジャマ

に着替《きが》えたあと、博士の寝室《しんしつ》をノックする。

「博士、失礼します」

部屋に入ると、博士は胸元《むなもと》が大きく開いたいつものワインレッドのパジャマを着て、ベッドで横になっていた。その唇《くちびる》にはリングシガレット。甘酸《あまず》っぱくて少しハッカが混じった爽《さわ》やかな香《かお》りが紫煙《しえん》といっしょに漂《ただよ》う。テレビCMでは『初恋の香り』というキャッチフレーズが定着しており、僕もそのとおりだと思う。そう、僕にとってはまさしくこれが初恋の香りだ。博士との燃えるような恋愛——といきたいところだが、熱っぽいのは僕だけで博士はたいがいクールである。

無駄《むだ》だと知りつつも、一応は注意する。

「博士、ベッドでの喫煙《きつえん》はお行儀《ぎょうぎ》悪いですよ」

「法律的には問題ないわ」

「火災《かさい》の危険もあります」

「リンシガで火災なんて聞いたことない」

博士は天井《てんじょう》を向いたままシガレットを吹《ふ》かし続ける。ちなみに『リンシガ』はリングシガレットの略称《りゃくしょう》だ。

「統計上は国内で年間八件も報告されていますよ？」

僕は負けじと博士の視界に入り、上から覗《のぞ》き込む。目にちょっと煙《けむり》が入る。

「オーヴァル市内では何件？」と、博士は紫煙をくゆらせ続ける。

「……ゼロ件です」

「それなら大丈夫《だいじょうぶ》」

「理屈《りくつ》になってませんよ、博士」

少し意地になった僕は、博士の口からリングシガレットを取り上げる。「あ、返しなさい！」と博士は体を起こして僕のほうに腕《うで》を伸《の》ばす。

「お断りします～！」

さっきの夕食でからかわれたお返しとばかりに、僕はシガレットを持ったまま室内を逃《に》げ回る。博士もベッドから体を起こし、僕を追いかけ始める。椅子《いす》やテーブルを挟《はさ》んで、僕は博士に捕《つか》まらないように間合いを取る。子供みたいだけど、これがたまらなく楽しい。

室内を二周半だけした短い鬼《おに》ごっこが終わると、博士は「そろそろ寝《ね》ようか」と銀縁《ぎんぶち》の眼鏡をはずした。切れ長で、ステンドグラスのような深みのある、美しい琥珀《こはく》色の瞳《ひとみ》が僕を見つめる。博士は眼鏡をしても美人だし、眼鏡をしていなくても美人だ。

――あ。

そこで僕は昼間の疑問を思い出した。

ヴィーナス噴水《ふんすい》広場の女神像。博士に似ている、あの美しい女神像。何かが足りないと思ったらやっと分かった。

——眼鏡だ。

女神像は眼鏡をかけていない。

「どうしたの？」とベッドから博士が僕を見る。僕は首を少しだけ傾《かたむ》けて「博士にはやっぱり、眼鏡と……それにシガレットが似合いますね」と素直《すなお》に思っていることを口にした。

「は？　何よ急に」

「いえ、こっちの話です。……では博士、よろしいですか？」

これは、博士のお布団《ふとん》に入ってもいいですか、という意味だ。

「どうぞ」

博士が掛《か》け布団を持ち上げて僕を招く。「失礼します」と言って、僕はおずおずと博士の横に潜《もぐ》り込む。それから体を丸めて上目遣《うわめづか》いで博士を見つめる。

手のひら一つ分の至近距離《きょり》で、博士の琥珀《こはく》色の瞳《ひとみ》が僕を映し出す。

「博士、おやすみなさい」

僕は博士の柔《やわ》らかくて大きな胸に顔をうずめる。とってもふかふかで、いい匂《にお》いがする。

博士はそんな僕を優《やさ》しく抱《だ》きしめ、髪《かみ》の毛を撫《な》でてくれる。そして「おやすみ、アイリス」とおでこにそっとキスをしてくれた。

僕はモードをスリープに切《か》り替えて、まどろみの世界に入る。

今日も僕の幸せな一日が終わる。

【六日前】

「毎度あり！」

いつものお肉屋さんの元気な声を背中に受けて、僕はアンヴレラ邸《てい》への帰途《きと》につく。昨日は特大ラビルを背負っていたが、今日は茶色い牛の脚《あし》と白い長ネギを背中に突《つ》き刺《さ》している。牛とネギの二刀流だ。

道行く人の注目を一身に集めながら、僕はずんずんと前に進む。考えてみれば、わがアンヴレラ邸の晩御飯《ごはん》のメニューは街の人に筒抜《つつぬ》けだ。昨晩はビル・ラビル鍋《なべ》、今晩はネギたっぷりのオーヴァル風ビーフスープ。

角を曲がってヴィーナス噴水《ふんすい》広場を通り過ぎると、商店街のメインストリートに入る。

ここオーヴァル市は運河に囲まれた風光明媚《ふうこうめいび》な街で、空から見下ろすと楕円《だえん》形をしている。かつては水はけの悪い土地として水害に悩《なや》まされたこともあったが、今は排水溝《はいすいこう》や下水道が街の隅々《すみずみ》まで整備されており、人口も観光客も増加傾向《けいこう》にある。ちなみに博士の職場である『オーヴァル大学第一ロボティクス研究所』はこの街で一番高い建物だ。

このロボット研究所が街の観光名所になっているくらいなので、オーヴァルの住民はわりとロボットに寛容《かんよう》だ。少なくともバスや飲食店で『ロボットお断り』なんて保守的な貼《は》り紙《がみ》は見かけない。でもそんな街の人々も全員が全員ロボットに好意的というわけにはいかないようで、さっきからずっと「ほら、あの女性博士のところの」「まったく、いやらしいわねえ……」と近所のおばさんたちの噂話《うわさ》が僕の耳に入ってくる。別に盗《ぬす》み聞きをしているわけではないけれど、機能上、近くの音声は自動感知してしまうのだ。

まず断っておくと、僕は博士によって造られた一般家庭用の家事補助型ロボット・認識《にんしき》番号HRM021-α《アルファ》である。お仕事は家事全般《ぜんぱん》、あとは博士の話相手。それ以上でも以下でもない。だけど世間は噂好きで、噂には尾ひれがつきやすい。流れている噂で最も悪意のあるものは――ロボット研究の第一人者ウェンディ・フォウ・アンヴレラは同性愛者で、しかも少女型ロボットしか愛せないロボット偏愛症《へんあいしょう》だ――というゴシップもいいところの怪《かい》情報だ。博士が独身で、言い寄る男をすべて蹴《け》散らしているからこんな噂が立つのだろうか。

実際、女性型ロボットを『そういう使途《しと》』に用いるユーザーは少なからずいる。それは否定できないし、その分野の売り上げもロボット産業をかなりの部分で支えている。お金持ちには何体もそういうロボットを買い漁《あさ》って『擬似《ぎじ》ハーレム』を造る人もいる。

でも博士は違《ちが》う。

博士は僕に性的な役割を求めてはいない。それは開発されてから三年間、ずっとそばでお仕えしてきた僕が断言できる。

博士が僕を造ったのは、事故で『妹さん』を亡《な》くしたからだ。

四年前の秋のことだった。その日、久しぶりの休暇《きゅうか》をいっしょに過ごそうと、アンヴレラ姉妹は旅行に出かけた。車を運転していたのは博士だった。そして、目的地に向かうハイウェイの途中で、どういうわけか中央分離帯《ぶんりたい》を越《こ》えてきたトラックに正面衝突《しょうとつ》され、助手席の妹さんだけが亡くなった。事故の原因は明らかに向こうのトラックにあったが、運転していた博士はずっと妹さんの死に責任を感じてきた。事故以来、アンヴレラ邸《てい》に自動車はない。

元々、早くに両親を亡くし、ずっと姉妹二人だけで生きてきた。その唯一《ゆいいつ》の肉親である妹さんを、博士は突然失ったのだ。

アイリス・レイン・アンヴレラ。それが亡くなった妹さんの名前――そして僕の名前だ。

だから僕は妹さんの『代用品』である。それはリングシガレットが煙草《たばこ》の代用品であるのと同じ意味で、本物そっくりに造られたニセモノなのだ。博士が僕のことをその琥珀《こはく》色の瞳《ひとみ》に映すとき、それは僕を見ているんじゃない。僕の中の妹さんの面影《おもかげ》を見ているんだ。

でも僕はそれでいいと思っている。博士は僕をとても大事にしてくれるし、遊びに行きたいとか欲しいものがあるとか、たいていのお願いは聞いてくれる。それに、何より優《やさ》しい。これ以上何かを望むのは贅沢《ぜいたく》というものだ。

時々――本当に時々だよ――柔《やわ》らかい薔薇《ばら》のトゲを押し当てたように、ほんのちょっぴりだけ胸の奥が痛むことがあるけど、それだってもう慣れっこだ。

○

その日は夕食が終わると、週に一度のメンテナンスの時間になった。

「始めるわよー」

白衣を着た博士が研究室《ラボ》に入ってくる。その手には分厚い書類。それを見て僕はやや不満げに顔をそらす。

メンテナンスの時間はちょっと苦手なのだ。

「動かないでね」

さっそく博士はポケットからペンライトを取り出し、カチリとスイッチを入れて僕の目に光を当てる。これは別に死亡確認《かくにん》をしているわけではなく、瞳孔《どうこう》収縮システムに異常がないかを調べる簡易テストだ。

次に博士はカードを取り出し、まるで手品師のごとく大げさなシャッフルをしたあと、僕の目の前ですばやく出し入れをした。僕は「星、十字、りんご、白紙」と見えた図案をてきぱきと答える。

「ご名答」

動体視力機能も正常のようだ。

それから博士は「はい、アーンして」と幼児の相手をする看護婦さんみたいな声を出した。このへんからちょっと恥《は》ずかしくなる。博士は白い手袋《てぶくろ》をはめた指先で僕の口を押し広げ、まじまじと口腔《こうこう》内を確認する。思わず「ほえ、ほえほえ」と僕の口から変な声が出る。

「異常なし、と」

博士は手元のシートにすばやく検査結果を書き込む。これはあとで行政当局に提出する公式文書だ。一般《いっぱん》家庭のロボットの場合、半年に一度の定期検査が法律的に義務づけられている。僕の場合は週に一回。最新型ロボットゆえに、いろいろと小まめなチェックが必要なんだそうだ。

「次は体表検査ね」

——来たー！　体表検査！

これは文字どおり皮膚《ひふ》の表面を調べる検査だ。つまり——

服を脱《ぬ》がないといけない。

「まずは顔ね」

博士は僕の頬《ほお》を両手で包み込み、ぐいっと引き寄せる。

——わわ！

穴が開きそうなほどの熱視線で、博士は僕の顔をじいっと見つめる。深みのある琥珀《こはく》色の瞳《ひとみ》が僕に迫《せま》る。

「ふーむ……」博士は真剣《しんけん》な表情で舐《な》めるように僕の顔を観察していく。僕は体を硬《かた》くして、ドキドキしながらじっとしている。動いたら顔と顔がくっつきそうだ。

「顔面は異常なしね」博士は手元のシートにさらさらと検査結果を記入する。そしてこともなげに「じゃあ、服を脱《ぬ》いで」と言った。

「は、はい……！」

僕は緊張《きんちょう》したまま、まず靴下《くつした》を脱いで脱衣《だつい》カゴに放《ほう》り込む。続いてヘッドドレス、エプロン、ワンピースも脱ぐと、僕が身につけているのはブラジャーとショーツだけになった。寒くはない。むしろ体が火照《ほて》って熱いくらいだ。

博士が僕の服を脱がすのは、別にエッチな趣味《しゅみ》からではない。体表検査は人工皮膚《ひふ》の表面に外傷や変色がないかを調べる、れっきとした視認《しにん》検査だ。顔から始まり、首元、肩《かた》、腕《うで》、腹、背中と全身くまなく博士は真剣な目つきでチェックする。

——あ……ふう。

人工皮膚が博士の吐息《といき》を感知するたびに、僕は背筋がぞくりとする。かれこれ三年も毎週やっていることなのに、いまだに慣れない。

「はい、ブラもはずして」

「ウウ……」

「どうしたの？」

僕は観念して「いえ……なんでもないです」と背中に手を回す。ここで嫌《いや》がっても検査が長引くだけだ。

薄《うす》い水色のブラジャーをはずすと、僕の白い胸があらわになる。そんなに大きくもないが、小さくもない。柔《やわ》らかさも形状も年頃《としごろ》の少女のそれを完璧《かんぺき》に再現している、と博士は言う。僕の場合、設定上は博士の妹さんを基に造られているので、妹さんがこのくらいだった、ということだ。

博士は眼鏡をはずし、確認がいっそう念入りになる。僕は恥《は》ずかしさのあまり顔から火が出そうになる。

「はい、下も脱いで」

博士はシートに結果を書き込みながら、淡々《たんたん》と指示を続ける。

――ううう。

僕はショーツに指をかけ、ためらいがちに下ろしていく。正直、恥ずかしさで今にも卒倒《そっとう》しそうだ。

ショーツを脱ぎ終わると、僕は一糸まとわぬ姿になった。

「どれどれ……」

さっそく博士は、膝《ひざ》を曲げて僕の前にしゃがみ込む。そして『前』も『後ろ』も念入りに確認を始める。吐息が当たるし、博士の前髪《まえがみ》もさわさわと下腹部に触《ふ》れるし、誰《だれ》かが見たら絶対に誤解される。

「ん……これは」

淡々《たんたん》としていた博士の声が、少し硬《かた》くなる。どうやら『アレ』が見つかったらしい。

「また、例のアザですか？」

僕が尋《たず》ねると、博士は検査を続けたまま、「そう。お尻《しり》の右側《がわ》に、ほんの少しね」と答えた。

それからアザがあると思われる位置を指先でなぞった。僕はくすぐったくて少し身をよじる。

「直径一・五センチ、薄《うす》い紫《むらさき》色……と」

博士は発見したアザの特徴《とくちょう》を手元のシートに書き込む。僕の体はどういうわけか、時々小さなアザが見つかる。場所はいろいろで、時には顔に出ることもある。最初のころはびっくりしたが、今はすっかり慣れてしまった。

「直りますか？」

「もちろん」

博士はペンライトをさらに細くしたような器具を取り出し、僕のお尻に当てる。これは光学分離《ぶんり》クリーニングと呼ばれる修理方法で、平たくいうと人工皮膚《ひふ》の『シミ抜《ぬ》き』だ。

「はい、終わったわ」

博士はパン、と僕のお尻を叩《たた》く。僕はお尻をちょっとさすったあと、すばやくショーツを穿《は》き、ブラをつける。今日はアザが小さくてよかった。大きかったらいつまでも全裸《ぜんら》で立ってないといけない。

「ちょっと休憩《きゆうけい》ね」

そう言い残して博士は研究室《ラボ》から出ていく。ここは禁煙《きんえん》なのでリングシガレットを廊下《ろうか》で吸うためだ。

やっと体表検査が終わり、僕は安堵《あんど》のため息をつく。

博士の名誉《めいよ》のために一言説明しておくと、今みたいに専門機関ではなく博士自らが僕の検査をするのには、それなりの理由がある。もし僕がこの定期メンテナンスを拒否《きよひ》すれば、他《ほか》の家庭用ロボットと同様に専門機関で所定のメンテナンスを受けなければならない。そうなると多数の男性整備士（！）の前で裸体《らたい》をさらさなければいけなくなる。想像しただけでも恐《おそ》ろしい。

博士もそれを知っているからこそ、ロボット整備士の資格を生かして僕のメンテナンスを買って出てくれたのだ。うるさい役所との交渉《こうしよう》も面倒《めんどう》な申請《しんせい》手続きもすべてこなして。だから僕がこうしていられるのも博士のおかげなのである。

――それは分かっているんだけれど。

五分ほどで研究室に戻《もど》ってきた博士は、椅子《いす》に腰《こし》かけると「さて」と腕《うで》まくりをした。この手の検査書類が机上にはまだまだ山と積まれており、精神回路《マインド・サーキット》スキャンや、動作制御確認《せいぎよかくにん》、安全回路《セーフティ・サーキット》のチェックと延々続く。

僕は暗澹《あんたん》たる気分を抱《かか》えたまま、注射器を持ったお医者さんに対する子供のようにうらめしげに博士を見つめる。

すると僕の視線に気づいた博士が「おやアイリスさん、何かご意見がおあり？」と妙《みょう》なお嬢《じょう》様《さま》言葉でこちらを見た。その口元はちょっと笑っている。

「なんでもございません！」

僕はプイッと顔を背《そむ》けた。

【五日前】

メンテナンスを受けた翌日。

僕はいつものように掃除《そうじ》や洗濯《せんたく》をかたづけ、午後の時間を持て余していた。僕の性格からして家事はパッパとやってしまわないと気がすまないのだ。

――さて。

博士の帰宅予定時刻まであと四時間十二分もある。

「えーと、リモコン、リモコンは……」

僕は「あった」とテーブル上のリモコンを手に取り、寝転《ねころ》がってテレビをつける。僕の体にリモコンが内蔵してあれば便利なのだが、あいにくそんな機能はない。博士いわく「そういう余計なものをつけるとメンテナンスが面倒《めんどう》」だとか。

大迫力《はくりょく》の巨大《きょだい》スクリーンでは今日のニュースが流れ始める。中央政界のゴタゴタ、北方戦線の軍事情勢、そしてどこかの殺人事件。僕は女性ニュースキャスターの流暢《りゅうちょう》な口元をぼんやりと眺《なが》める。

――うーん、つまんないなあ。

寝転がったままの姿勢でリモコンをカチカチやる。スクリーンの映像が次々に切り替《か》わっていくが、僕の好きな料理番組やバラエティ番組はやっていない。

仕方なくまたニュースに戻《もど》したところで、『それ』は飛び込んできた。

「今日午後一時ごろ、オーヴァル駅前のヴィーナス噴水広場《ふんすいひろば》にて、ロボットが突然《とつぜん》暴れ出す事件がありました」

ヴィーナス噴水広場は、博士そっくりのあの女神像が立っている場所だ。

ニュースはこうだった。付近の中古品販売店で作業中の大型ロボットが、なぜか急に大声を上げて暴れ始めた。ロボットは店舗《てんぽ》の壁《かべ》を殴打《おうだ》して破壊《はかい》、それから噴水広場に移動。その後、通報を受けた警察が出動し、鎮圧《ちんあつ》した。

「ではそのときの映像をごらんください」

キャスターの合図で画面が切り替わる。

監視《かんし》カメラの映像だろうか。画面の中では灰色の寸胴《ずんどう》なロボットが太い両腕《うで》を振《ふ》り回して暴れていた。お店の壁をひたすらにガンガンと殴《なぐ》りつけている。その姿は青春映画に出てくる血気盛んな若者みたいでどこか人間くさい。大きくて広い背中にはよく見ると稲妻《いなずま》のような傷痕《きずあと》があった。

やがて、そのロボットはのしのしと広場のほうに向かって歩いていった。

——ああ、ダメ。

僕は心の中で祈《いの》る。

——そっちに行ってはダメ。

しかしそんな願いが届くはずもなく、ロボットは人間たちのたくさんいる広場へと踏《ふ》み込んでいく。当然、あたりは大騒《おおさわ》ぎになり、談笑《だんしょう》していたお年寄りもはしゃぎ回っていた子供も愛を語らっていた恋人たちも一目散《いちもくさん》に逃《に》げ出す。

人間たちがいなくなると、ロボットは一人ぼっちになった。呆《ほう》けたように立ち尽《つ》くす彼の背後では、噴水《ふんすい》だけがしゃわしゃわと規則正しいリズムで動き、小さな虹《にじ》の花を咲かせ続けている。一見するとどこか平和な光景にも思えた。

だが次の瞬間《しゅんかん》。

ロボットの体に、蛍《ほたる》が何匹《びき》も止まったような青い光点が映った。ロボットが緩慢《かんまん》な動きで顎《あご》を引いて光点を見下ろした直後、一条の青いレーザーが宙を切り裂《さ》いた。レーザーはロボットの分厚い金属製の皮膚《ひふ》を貫通《かんつう》し、噴水に到達《とうたつ》するとマグマのごとく激しい水蒸気の炎《ほのお》を噴《ふ》き上がらせた。

警察の熱線銃《ねっせんじゅう》だ。

続けざまに第二射。ゴウッと低いうなり声を上げてレーザーが空中をほとばしり、ロボットの右腕《うで》が肩《かた》からざっくりと切断される。ゴトンッと路面に落ちた己《おのれ》の右腕を、ロボットが拾おうと身をかがめたときには第三射が命中。伸《の》ばした左腕は青い光に包まれてガラス細工のように膨《ふく》れ上がり、残酷《ざんこく》な花火となって爆裂《ばくれつ》する。

すかさず第四射がロボットの右脚《あし》を奪《うば》い去り、バランスを崩《くず》したところに第五射、第六射、第七射――。

――ああ、もうやめて、もう見たくない！

完膚《かんぷ》なきまでに、とはこういうことをいうのだろう。最初の攻撃《こうげき》からほんの三十秒後には、半分に割れた顔がロボットの体で一番大きな破片になっていた。

ロボットが完全に沈黙《ちんもく》すると、頭に土管のような金属製ヘルメットをかぶった人間たちが五人ばかり、現場に駆《か》け寄ってきた。全身を銀色に装甲《そうこう》した『ジャンクヤード・フォース』と呼ばれる警察の特殊《とくしゅ》部隊だ。その手には先ほど使った熱戦銃。鋭角《えいかく》的なフォルムに、球形の弾倉《だんそう》、長さは一メートル強――特殊部隊御用達《ごようたし》の対ロボット兵器だ。

バラバラになったロボットの回収作業が始まったときだった。彼らの一人が、ロボットの『生《なま》首《くび》』を手に取り、戦利品のごとく空に高々と掲《かか》げた。すると生首からは血液のように黒い機械油がボタボタと流れ落ち、道路にいくつもの染《し》みを作った。

それを見た僕はひどく不愉快《ふゆかい》になった。喉《のど》の奥からこみ上げる吐き気《はけ》と嫌悪感《けんお》。

映像はそこで途切《とぎ》れ、画面には再びニュースキャスターの顔が映った。キャスターは、オーヴァル市で今月三件目のロボット犯罪である、と伝えた。

ロボット犯罪。それはロボットが絡《から》む犯罪の総称《そうしょう》だ。

ロボット犯罪は二つに大別される。人間がロボットを道具として利用する犯罪と、ロボット自身が暴走して引き起こされる犯罪だ。実際に起こったロボット犯罪が、人間の命令によるものか、整備不良による暴走かは、当局の捜査《そうさ》と『司法解体』によるまで分からない。

ロボットの暴走事故は件数でいえば自動車事故の一パーセントにも満たないが、報道は大々的になされる。世論の反発に押されてロボットメーカーが製品回収に乗り出すこともある。このへんの事後処理は家電製品の場合とさして変わらないが、ロボットの場合は一台あたりの単価が高級自動車並みだったりするのでメーカーにとっては大打撃《だいだげき》だ。リコールを連発して倒産《とうさん》したところも少なくない。

——見るんじゃなかった。

僕はテレビを消し、絨毯《じゆうたん》に大の字になって目をつむった。

ロボットでも気分を休めたいときには目を閉じる。視覚情報を遮断《しやだん》することは精神回路《マインド・サーキット》の情報処理機能を休ませる効果がある。

外ではいつの間にか雨が降り出していた。しとしとと雨音だけが室内に響《ひび》く。

瞼《まぶた》の裏に、バラバラになったロボットの映像が浮かぶ。あのロボットは、いずれ中古部品市場に流れるか、ドロドロに熔《と》かされて金属資源となるのだろう。突然《とつぜん》暴れて、器物を損壊《そんかい》して治安を乱したのだ。スクラップは仕方がない。

——でも。

僕の中に一つの疑問が残る。

どうして彼は、あんなに暴れたのだろう？

【四日前】

日曜日である。

僕はフリルつきの白いワンピースを着て、鏡の前で入念に着こなしを確かめる。

今日は博士とデート。といっても、映画を見て食事をするだけの半日デートだけど。

「アイリス、そろそろ行くわよー」

階下から博士の声が聞こえる。

「はーい、ただいま参ります！」

僕は大声で返事をしながら麦藁帽子《むぎわらぼうし》をかぶる。こうしていれば耳元の通信アンテナを隠《かく》せるので、無粋《ぶすい》なお子様連中に「ロボットだ！　あれ、ロボットだよ！」と言われないで済む。

——メイクよし、帽子《ぼうし》よし、充電《じゅうでん》よし！

僕はお出かけ前の最終チェックを済ませて、階段をドタドタと慌《あわただ》しく下りる。

玄関《げんかん》の前には私服姿の博士が立っていた。

——麗《うるわ》しい！

博士は水色のワイシャツとグレーのジーンズという極《きわ》めてシンプルな格好だったが、何せ背が高くてスタイル抜群《ばつぐん》なのでとても見映《みば》えがする。白馬にまたがれば、きっと王子様に見えるくらいのかっこよさだ——という表現はちょっと変か。

その胸にはきらりと光る銀色のシガレットケース。これは博士のお気に入りで、楕円《だえん》形のシガレットケースに鎖《くさり》をつないでペンダント状にしたものだ。この中に8の字型のリングシガレットがすっぽりと収まっている。

「博士、これ、どうでしょうか？」

僕はバレリーナのごとくひらりと一回転してみせる。ワンピースと麦藁《むぎわら》帽子もふわりと風をはらむ。

博士はまぶしそうに目を細めて「うん、とってもよく似合う」と言ってくれた。

とってもよく似合う……とってもよく似合う……とってもよく似合う……とってもよく似合う……僕の精神回路《マインド・サーキット》内で博士の言葉が反響《はんきょう》する。

ああ、この一言で今日の幸せは約束されたも同然だ。

「じゃあ、行こうか」

長い黒髪《くろかみ》をなびかせて博士が歩き出す。僕は博士の横に並び、その手を握《にぎ》る。扉《とびら》を開けると、歌でも歌い出したいような青い青い空が僕たちを祝福していた。


駅前の映画館はずいぶんと混んでいた。

受付でロボット証明書を出すと、係員がじろじろと僕を観察した。耳元のアンテナを隠《かく》してしまうと僕は人間かロボットか見分けがつかなくなるので、こういうときは不審《ふしん》に思われる。今日はエレベーターが工事中らしく、映画館の入り口では作業員と何人もすれ違《ちが》った。そのほとんどが労働用ロボットで、外見から察するにＨＲＬ００４型だろうか。なんにしろかなり古いタイプだ。

労働用ロボットは家庭用ロボットよりも歴史が古い。当然、市場に出回っている数も多いので街中でもよく見かける。飲食店のウェイトレスや夜間警備、企業の受付に土木工事。その使用分野は多岐《たき》に渡《わた》る。

古くなった家庭用ロボットが、中古で売買されて労働用ロボットとして再利用されることもよくある。工事現場で見かける少女型ロボットはたいていそういう出自《しゅつじ》だ。近頃《ちかごろ》では、規格の異なる中古パーツを無理やり合体させて再販売《はんばい》する廃品《はいひん》業者も増えており、その危険性から問題視されている。ちなみに、無資格の者がロボットを改造したり組み立てたりするのは法律違《い》反《はん》で、このへんは自動車を勝手に改造して走らせてはいけないのと似ている。

館内に入ると、僕と博士は後ろのほうの席に陣取《じんど》った。ジュースとポップコーンを座席の小テーブルに置き、あと五分で上映時間だ。

「ねえ博士」

「なに」

「今日はどうしてホラー映画なんですか？」

若い女性二人だけでホラー映画を見るのはちょっと変な気がする。他《ほか》の席は男女二人連れが多いし。

「ゾンビの動きを解析《かいせき》することで、ロボットの動作制御《せいぎょ》理論の参考にするのよ」

「はあ……動作制御理論……」

博士はどんなときも研究熱心だ。「さすがですね」と僕が感心していると、博士はちょっと意味ありげな笑《え》みを口元に浮かべた。

「あれ、なんで笑ってるんです？」

「ううん、アイリスは素直《すなお》ないい子ね」

「はい？」

何だか分からないけど褒《ほ》められた。やった。

「ところで博士。僕のリサーチでは『この出会いに運命を』は今シーズンで一番ヒットした感動の超大作《ちょう》ですよ。……せっかくですからそっちを見ませんか？」

「だってそれ、恋愛映画でしょう？」

「いいじゃないですか、恋愛映画」

「どうせ下らない内容に決まってるわ」

「じゃ、じゃあ、怪獣《かいじゅう》映画ならどうです？　『怪獣大決戦ヴァニラ対ショコラ』とか」

「客席に子供が多いからダメ。上映中に騒《さわ》いだり泣いたりするし」

「じゃあこっちの『三流魔神《まじん》ウェザー・ダーク』は？」

「それってシリーズ物でしょ？　前作見てないとストーリーが分からないじゃない」

「ウウ……僕がホラー映画苦手なの、知ってますよね？」

「そうだっけ？」

「そうですよ」

僕は頬《ほお》を膨《ふく》らませて拗《す》ねる。そんな僕を見て博士はくすりと笑う。

そしてブザーが鳴り、映画が始まった。

スクリーンには待ってましたとばかりにゾンビがわらわらと出てきた。

それで。

「そこそこだったわね」

博士が満足げに感想を述べた。どうやらホラー映画の出来映《できば》えはお気に召《め》したらしい。

対する僕は顔面蒼白《そうはく》の痙攣《けいれん》振動《しんどう》マシンと化していた。

「アイリス、大丈夫《だいじょうぶ》？」

「だ、だだ、大丈夫じゃないですよ！　ななな何ですか、あのズバーッと切れてドバーッという映画は！」

ホラー映画というよりスプラッター映画だった。

途中《とちゅう》、恐怖《きょうふ》のあまり何度も博士に抱《だ》きつこうとしたが、無情にも長い右腕《うで》が僕の顔面を押し戻した。

僕は精神回路《マインド・サーキット》に刻まれた、噴《ふ》き出す血液、飛び散る脳漿《のうしょう》、蠢《うごめ》く内臓を振《ふ》り払《はら》おうと頭を振る。もちろんそんなことをしてもデータは飛ばない。

「せっかくだから写真でも撮《と》ろうか？」

「えー、ここで撮るんですか？」

博士は近くの係員を呼んでカメラを渡《わた》した。どうやらホラー映画『悪夢～腐臭《ふしゅう》のナイトメア』の看板を背景に記念写真を撮るつもりらしかった。

「やめましょうよ、他《ほか》のところで撮りましょうよ」

「ダメよ。今日は映画に来たんだから映画館で撮らないと」

「こんなところで撮ったら呪《のろ》われますよー」

「なにその非科学的理由」

博士は僕の腕を力任せに引っ張り、看板の前で肩《かた》を抱《だ》き寄せる。

体がぴったりくっついて、いつもなら最高に嬉《うれ》しい瞬間《しゅんかん》なのだが、今の僕は背後にでかでかと描《えが》かれているゾンビ軍団が今にも看板から飛び出してきやしないかと気が気でない。特に下半身がちぎれて内臓がいっぱい出たヤツとか、思い出すだけで身震《みぶる》いしてしまう。

「はい、撮りまーす!」

係員の掛《か》け声《ごえ》でシャッターが下りる。

そんなわけで、顔面蒼白《そうはく》の引きつった笑顔《えがお》の僕と、いたずらっぽい笑みを浮かべた博士のツーショット写真が出来上がった。


近くのレストランで昼食を済ませ、それから三十分ほど商店街で夕食の買い物をすると、あとは帰るだけとなる。

帰り道、僕は博士と手をつないで並んで歩く。

博士はさっきから、売店で買った新聞を歩きながら読んでいる。一面には『新型ロボット部隊、敵前線基地を完全制圧《せいあつ》』とある。

「歩きながら読むのは危ないですよ、博士」

「大丈夫よ、アイリスと手をつないでいるから」

「もう……」

「だって、『オーヴァル・タイムス』のコラム欄《らん》、けっこう面白《おもしろ》いのよ。カレン・クラウディの当世ロボット考」

デートの最中なのに、新聞なぞにうつつを抜《ぬ》かしている博士がうらめしい。

新聞片手の博士をぐいぐい引っ張りながら進んでいると、やがて、ヴィーナス噴水《ふんすい》広場に差しかかった。

――あそこだ。

広場から五十メートルほど離《はな》れた場所に、その店はあった。壁《かべ》が崩《くず》れ、地面が陥没《かんぼつ》し、立ち入り禁止を示す黄色いテープが張られている。この前ニュースで見たロボット犯罪の現場だ。

「ねえ、博士」

「ん？」

博士がやっと新聞から顔を上げる。

「あれなんですけど……」と僕は壁の崩れた店を指差す。博士はうなずいて「この前、ロボットが暴れたところね？」と即答《そくとう》した。博士もあのニュースのことはすでに知っているようだった。

「どうして、あのロボットは暴れたんでしょうか？」

僕は疑問に思っていたことを口にする。

するとは博士は「守秘義務があるので、お答えできません」とやけに低い声で答えた。

「え？」と僕はとまどう。「守秘義務？」

博士はにやりと笑い、「なんてね」と肩《かた》をすくめた。

「実はあのロボット、司法解体のためにウチの研究所に運び込まれてきたのよ。それで私のチームが担当になったの」

僕は驚《おどろ》いて目を瞬《しばた》かせる。あのニュースのロボットが博士とつながるなんて思いもよらなかった。でも考えてみれば、ここから一番近いロボット工学の専門機関は博士の在籍《ざいせき》する『オーヴァル大学第一ロボティクス研究所』だから、当然といえば当然のなりゆきといえた。

「それで、何か分かったんですか？」

「うーん、そうね……」

博士は人差し指を顎《あご》に軽く当てた。

「一言で言えば『駆動《くどう》機《き》系のショートによる安全回路《セーフティ・サーキット》の機能不全』かな。損傷が激しかったから、ちょっと不明な部分が多いけど」

ロボットには『三大回路《テトラサーキット》』と呼ばれる中枢《ちゆうすう》回路がある。精神回路《マインド・サーキット》、動作制御回路《コントロール・サーキット》、安全回路の三つだ。

人間でいえば、精神回路が脳にあたり、動作制御回路は脊髄《せきずい》および神経にたとえられる。精神回路で発した命令を、動作制御回路が全身に伝えることで手足を動かす仕組みだ。

そして、この二つの回路が暴走しないようにブレーキをかけるのが、安全回路の役割だ。ロボットが犯罪を企図したり、人間に危害を加えそうになったとき、安全回路がシステムを強制遮断《しゃだん》する。すべてのロボットにこの安全回路を取り付けるのがロボットメーカーの法律上の義務で、もちろん僕の体にも内蔵されている。

「でも、気になる点が一つあってね」

博士は話を続けた。首元のペンダントからリングシガレットを取り出し、ピンと伸《の》ばして口にくわえる。すぐに紫煙《しえん》がたなびく。

「ロボットの精神回路データを再生すると、奇妙《きみょう》なことが分かったの。それは、ロボットが『幻《げん》覚《かく》』を見ていたらしい、ということ」

「幻覚……ですか？」

博士はうなずく。そのシガレットから甘《あま》ず酸っぱい香《かお》りが漂《ただよ》ってくる。

「自分にだけ見える『誰《だれ》か』を、必死に追いかけようとしていた。そんなふうに解釈《かいしゃく》すると、ロボットの奇妙な動きの一つ一つが驚くほど合理的に説明できたの。壁《かべ》を壊《こわ》したのは、『その人』が壁の向こうにいたから。噴水《ふんすい》まで歩き出したのも、『その人』がそっちに行ってしまったから」

ロボットが幻覚を見る。そんなことってあるのだろうか。

「視野の欠損とか、色覚異常とか、そういう視覚装置不全は以前から報告されているけど、今回は相当なレアケース。……それにしてもチームの連中、私が指摘《してき》するまで誰も気づかないんだから、まったく……」

盛夏の太陽のような目の輝《かがや》き、弾《はず》んだ声のトーン。ロボットのことを話している博士はとても生き生きしている。僕はそんな博士を見るのが好きだ。

ただ、今日は話題がロボット犯罪だけに、ちょっと複雑な気分になるけど。

「おや……?」

そのとき、博士が急に立ち止まった。

「どうしたんですか?」

「アイリス、ちょっと待っててね」

そう言い残すと博士は道の向かい側《がわ》に走っていった。

向かった先にはロボットが倒《たお》れていた。右脚《あし》が付け根からちぎれかけて、胴体《どうたい》がボコボコにへこんだロボットが、休業中の雑貨店の前で猫《ねこ》みたいに体を丸めて横たわっている。

博士は服が汚れることもいとわず、ロボットの上半身を抱《だ》き起こし、雑貨店のシャッターを背もたれにして座《よこ》らせた。それから真剣《しんけん》な表情でロボットの全身をくまなく『診察《しんさつ》』し始めた。

「ふむ、007型か……」

そうつぶやくと、博士はおもむろに胸ポケットから予備のバッテリーを取り出し、ロボットの胸部に差し込んだ。数秒後、ブンッと音がして、心停止時の電気ショックのようにロボットの胸がぎくんとそり返った。

「よし、回路は生きてる」

博士はバッテリーを引き抜《ぬ》くと、すぐに携帯《けいたい》電話を取り出して通話を始めた。

「……あ、ラルフ？　私よ。いま噴水《ふんすい》広場の近くにいるんだけどさ……」

博士は電話の相手にロボットの型番や損傷状況《じょうきょう》を簡潔に説明する。そして通話を一分ほどで終えると、近くに転がっている排水溝《はいすいこう》の蓋《ふた》に目を留めた。

「この子……こんな狭《せま》くて暗いところを通ってきたのね……」

博士の言うとおり、ロボットは排水溝の中を這《は》ってきたらしく、その体には緑色の苔《こけ》がびっしり付着していた。暗くて狭いトンネルのような排水溝を一人ぼっちで進むロボットの姿を想像し、僕はなんだか切ない気持ちになった。

博士は『オーヴァル大学第一ロボティクス研究所・回収連絡《れんらく》済み』というシールをロボットの胸に貼《は》り付けると、「お待たせ」と僕のほうに向き直った。

「博士、いま電話したのは研究所ですか？」

「そう。あの子を引き取るよう手配したの」

僕はさっきのロボットのほうを振《ふ》り返る。

「直るんですか？」

「ま、それはやってみないとね」

博士はこんなふうに、『行《ゆ》き倒《だお》れ』のロボットを見かけては修理する。そして身元が判明したロボットについては登録ユーザーと連絡《れんらく》を取る。ごくまれに、持ち主のもとに戻《もど》る運のよいロボットもいるが、たいていは研究所の倉庫で保管されることになる。

もし、ロボット管理局が先に回収した場合は、若干《じゃっかん》の手続きのあとに問答無用でスクラップになるので、そういう意味では博士に見つけられたロボットはそれだけで運がいい。

手をつないで歩きながら、僕は尋《たず》ねる。

「ねえ、博士」

「なに?」

「博士はどうして、いつもロボットを助けて、修理するんですか?」

「う―ん、そうね……」

博士はちょっとだけ考えてから、僕をまっすぐに見つめた。

「それが私の生き方だから……かな?」

そのとき見せた博士の微笑《ほほえ》みは、とても優《やさ》しくて、それでいてどこか悲しい感じがした。

博士は時々こんな表情をする。

○

その日の夕食後は、久しぶりに『特別講義』を開くことになった。博士の仕事が予定より早くかたづいたからだ。デートも特別講義もいっぺんにあるなんて、今日はなんてスペシャルな日だろう。

僕はうきうきしながら研究室《ラボ》に机と椅子《いす》を運び入れ、備えつけのホワイトボードとワイドスクリーンをセットし、お茶とお菓子《かし》を用意する。これで準備完了《かんりょう》だ。

特別講義。

それは博士と僕の間で不定期に開催《かいさい》される『プライベートレッスン』だ。

博士は研究所が付属しているオーヴァル大学で、週に一回だけ講義を担当している。ロボット工学の最先端《さいせんたん》を疾走《しっそう》する若き天才の講義だけあって、教室はいつも満員、他《ほか》の大学から越境《えっきょう》して受講しに来る学生も少なくない。

博士の講義はユニークだ。『ロボットと倫理《りんり》』『ロボットと愛』といった、かなり哲学的《てつがく》なテーマで持論を展開する。以前から僕はその話を聞くたびに「僕も講義に出たい！」と駄々《だだ》をこねていた。博士が壇上《だんじょう》で華麗《かれい》に白衣をなびかせながら、あのクールな声で教鞭《きょうべん》を執《と》る勇姿を拝見したい。でもロボットに大学入学資格はないし、こっそり出席したら博士の立場にも響《ひび》く。

そう思ってあきらめていたところに、博士はこんな提案をしてくれた。

「じゃあ、ウチでやろうか？　講義」

かくして、アイリス・レイン・アンヴレラただ一人を受講生とした、ウェンディ・フォウ・アンヴレラ博士の特別講義が開催される運びとなったのである。

僕は愛用のクリアケースから分厚いノートを取り出す。このノートには博士の講義内容と、僕が博士に訊《き》きたい質問がびっしりと書かれている。

たとえばこんな感じ。

『ロボットも精神的に成長しますか？』

『ロボットにも思春期や反抗期《はんこう》はあるんですか？』

『ロボットの感情は人間の感情とどう違《ちが》うんですか？』

『ロボットにも天国ってありますか？』

『ロボットと人間が結婚できる日は来ますか？』

『博士は僕のこと、どのくらい好き？』

若干《じゃっかん》個人的な質問も混じっているが、まあこれくらいは許される範囲《はんい》だろう。なにせプライベートレッスンだし。

「はい、席についてー」

博士が研究室《ラボ》に入ってくる。今はスーツの上に長い丈《たけ》の白衣を羽織り、麗《うるわ》しい黒髪《くろかみ》を後ろで束ねている。大学にいるときの博士の格好だ。対する僕はいつものメイド服なので、ちょっと妙《みょう》な取り合わせだけど。

大学から中古のものを引き取ってきたという、使い古した木製の教卓《きょうたく》に手をついて、博士は「出欠を取ります」と言った。

「アイリス・レイン・アンヴレラ君！」

「はーい！　はいはい、はいっ！」

僕は机から身を乗り出し、幼年学校に入りたての子供みたいに元気よく手を挙げる。

「アイリス君」

「なんでしょう！」

「『はい』は一度でよろしい」

「はいっ!!」

僕は嬉《うれ》しくてたまらない。いつかロボットも学校に行ける日が来ればいいのに。

博士はコホンと一つ咳払《せきばら》いをしてから「では、テキストの五十二ページを開いてください」と講義を開始した。

僕は博士の大学で使っている講義用テキストを開く。もう何十回も読み返してかなりボロボロになっている。

「今日のテーマは、『ロボットの生きがいとは何か』です。このテーマは近年、おもにロボット心理学の分野で研究されてきました。議論の火つけ役となったのが、八年前に学会で発表された論文で……」

博士は流暢《りゅうちょう》に話を続ける。ホワイトボードは博士の達筆で見る見る埋《う》まっていく。

僕はノートに一言一句《いちごんいっく》漏《も》らすまいと書き留める。もちろん、板書《ばんしょ》だけなら精神回路《マインド・サーキット》の空き容量に記録してしまえばいいのだけれど、それだと『講義』という感じがしない。大事なのは雰囲気《ふんいき》と遊び心なのだ。

そして三十分後。

「……えー、以上は、旧型から新型にいたるロボットの発展史を『生きがい』『精神衛生』の面から俯瞰《ふかん》したものです。学術的にはかなり大ざっぱな整理の仕方をしましたが、今後学生諸君が詳《くわ》しい文献《ぶんけん》にあたるときは理解の一助になると思います。……何かご質問は？」

「はいっ！」

僕は博士に当ててもらおうと精いっぱい右手を伸《の》ばす。もっとも生徒は僕一人しかいないけど。

「ではアイリス君」

「たいへん有意義で興味深いお話、まことにありがとうございました！」

まずは社交辞令。

「それで、博士がただ今おっしゃった『生きがい論』ですが、その生きがいには『ロボットがご主人様にご奉仕《ほうし》する』という生きがいも含《ふく》まれますか？」

「もちろんです。家庭用に普及《ふきゅう》した学習型ロボットにおいては、ユーザーに仕えることを直接の存在意義としているものが多いですからね」

「じゃあ僕の生きがいは、博士にご奉仕する、という一点で十分なわけですね」

「なぜそういう結論になるのですか」

「僕が博士を愛しているからです」

「はいはい」

「『はい』は一度でよろしい、とおっしゃったのは博士です」

「揚《あ》げ足《あし》を取らないの」

博士はフウッと息を吐《は》き出す。

僕はホワイトボードに書かれた図と説明をノートに写しながら、今日のテーマ『生きがい』のことを考えてみる。最後に簡単な感想レポートを提出すれば講義は終了《しゅうりょう》だ。

「はい、できました！」

「あら早いわね」

僕は難事件を解決した名探偵《めいたんてい》のように、颯爽《さっそう》と教卓《きょうたく》にレポートを提出する。

【感想レポート（第十八回）】テーマ…ロボットと生きがい
僕の生きがいは博士です。大好き博士。アイラブ博士。結婚して博士。以上！

博士は僕のレポートを読むと、名探偵に手柄《てがら》を横取りされたベテラン刑事《けいじ》みたいな渋《しぶ》い顔になった。

「あの、アイリス君？」

「なんでしょう！」

「レポートが一行しか書かれていないのだが」

「その一行にすべてを込めました！」

「君はやる気があるのかね」

「やる気満々です！」

「私をおちょくっているのかね」

「そういう側面も否定できません！」

博士はため息をつき、胸のペンダントからリングシガレットを取り出した。

8の字タイプのシガレットを、キュッとひねって二つに分け、片方を口にくわえてスパスパとやり出す。

「博士、おタバコは……」

「いいでしょ、別に大学じゃないんだから」

「いえ、そうじゃなくて……研究室《ラボ》は禁煙《きんえん》です」

「あ」

博士は拗《す》ねたように唇《くちびる》をとがらせると「では、これにて本日の講義は終了《しゅうりょう》！」と宣言した。

教卓《きょうたく》の上に白衣を脱《ぬ》ぎ捨て、紫煙《しえん》をくゆらせながら足早に退室していく。『やれやれ』という文字が煙《けむり》の中に吹《ふ》き出してきそうだ。

僕はレポート用紙を改めて手に取る。真ん中には『再提出』という赤いハンコがでかでかと押されている。

今日はちょっとからかいすぎただろうか。特別講義は僕が博士を翻弄《ほんろう》できる数少ないチャンスなので、つい悪乗りしてしまう。

あとでご機嫌《きげん》とりに紅茶とケーキを持っていこう。

【三日前】

それはいつもと少しだけ違《ちが》う朝だった。

しとしとと、明け方に陰鬱《いんうつ》な雨が降り出した。まるで空が太陽とお別れして泣いているみたいな、寂《さび》しくて気が滅入《めい》る雨。

僕は博士を起こして、朝食の準備をする。この日に限ってうっかり目玉焼きを焦《こ》がしてしまったのは、どうしてだろう。

そんないつもと少しだけ違う朝に、博士はいつもと違うセリフを言った。

「アイリス、あのね」

アーチを出たところ、敷地《しきち》と一般道《いっぱん》のちょうど境目《さかいめ》で、博士は僕のほうに振《ふ》り向いた。

「何でしょう、博士」

「今日は帰ったら、大事な話があるの」

「大事な……話？」

博士は傘《かさ》を差したまま、こくりとうなずく。

その日はとても穏《おだ》やかだったが、どこか寂《さび》しげな感じもした。

「なんですか？」と、僕は傘を少し持ち上げて博士の顔を見つめ返す。

「帰ったらゆっくり話すわ。そうね、夕食のあとにでも」

「そんなにもったいぶられると気になりますー」

「フフフ。ま、悪い話じゃないから。なんていうか……そうね、プレゼント？」

僕は「やった！」と傘といっしょに大げさに手を上げる。

「な、何をくれるんですか⁉ 僕、博士との婚姻届《こんいん》がほしいですっ！」

「バカ言わないの。あ、でも、婚姻届か……。『永遠の幸福を』という意味では当たっているかも」

「えっ、永遠⁉ ど、どういうことですか⁉」

「帰ったら話すわね。それまでいい子にしてるのよ」

「はい！ 博士のアイリスは今日も、超《ちょう》・超・いい子にしてますから！」

「じゃ、行ってくるわね」

博士が歩き出す。

「いってらっしゃいませ！　早く帰ってきてくださいね！」

博士は振り向かずに、軽く右手を上げて応じた。

青い傘が、淡《あわ》い水彩《すいさい》絵の具みたいに雨粒《あまつぶ》の中でぼんやりと輪郭《りんかく》を失い、角を曲がって、見えなくなった。

雨が強くなる。僕は前庭を走って戻《もど》る。なぜかこのとき、僕は後《うし》ろ髪《がみ》を引かれたような気分になり、屋敷《やしき》に入る前に正門のほうを振り返った。

もちろんアーチには誰《だれ》もいなかった。

○

その日の午後、いつものように家事と充電《じゅうでん》をてきぱきとかたづけた僕は、居間のソファで読書に勤《いそ》しんでいた。

本は『新・ロボット工学基礎《きそ》理論』。これは博士の蔵書から拝借したものだ。スタイル抜群《ばつぐん》の若き美女にもかかわらず、博士の本棚《ほんだな》はこの手の学術書でぎっしりと埋《う》まっており、色気も何もあったものではない。

ちなみに今読んでいるのは、『ロボットの感情と表情』という項目《こうもく》。

ロボットの精神回路《マインド・サーキット》で芽生《めば》えた『感情』を、顔面を覆《おお》う人工皮膚《ひふ》の『表情』にどう連動させるか、というテーマだ。

人間は、嬉《うれ》しいときに笑い、悲しいときに泣く。

しかしロボットは違《ちが》う。そもそも一定のスペックの精神回路を内蔵していなければ『感情』が発生しないし、一定の技術レベルの人工筋肉と人工皮膚を組み込んでいなければ『表情』が作れない。

加えて人間の表情は複雑だ。単に『笑う』という行為《こうい》にも、ゲラゲラと笑うのか、フフッと笑うのか、優《やさ》しく微笑《ほほえ》むのか、ニヤニヤとバカにした笑い方をするのか、それぞれの表情が表すものは大きく異なる。人間の表情を数百のパターンに分類し、細かい精神回路との調整を行って、初めて『人間らしい』表情が可能となる。だから一般のロボット市場では、表情オプションは言語読解オプションと並びトップクラスの高級装備である。表情オプションだけでロボットの本体価格を上回る場合だってあるくらいだ。

そして僕には、博士が開発した最新鋭《さいしんえい》の表情オプションが搭載《とうさい》されている。笑って、泣いて、怒《おこ》って、拗《す》ねて。この豊かな表情をくれた博士に僕はとても感謝している。

そこで僕は読んでいた本を閉じた。時刻は午後五時四十五分。

もうすぐ博士が帰ってくる。夕食のお皿を並べておこう。

しかし。

それから一時間以上が経過した午後七時十三分。

——博士、遅《おそ》いなあ……。

博士はまだ帰ってこない。予定時刻からはすでに一時間十三分二十一秒オーバー。台所の鍋《なべ》には晩御飯《ごはん》のロロルア風クリームシチューがたっぷり用意されており、あとは温め直すだけとなっている。

——おかしいな。

博士が遅《おく》れるときはたいてい連絡《れんらく》がある。でも、今日は何の音沙汰《おとさた》もない。携帯《けいたい》電話にかけようかとも思うが、仕事中は電話するなってこの前注意されたばかりだし。

僕は落ち着かない気持ちのまま、壁《かべ》に掛《か》けられた時計の秒針を見つめる。

コチ、コチ。

博士はまだ帰ってこない。

コチ、コチ。

家事もとっくに終わっちゃったし。

コチ、コチ。

まだ、まだなの？

秒針が一周して、二周して、三周して——

七周目に突入《とつにゅう》した、そのときだった。

リン、リン、と廊下《ろうか》で電話が鳴った。

——博士《はかせ》だ!

僕は跳《は》ねるように立ち上がって廊下まで走り、受話器に飛びつく。

「はい、お待たせしました! こちらアンヴレラです!」

僕はドキドキしながら通話相手の言葉を待つ。

「夜分《やぶん》に失礼いたします。こちらは、オーヴァル大学第一ロボティクス研究所です」

それは男性の声だった。ロボティクス研究所は博士の職場だ。

僕は相手が博士でなかったことに落胆《らくたん》しつつ、それを声色《こわいろ》に出さないようにして受け答えを続ける。

「わたくしはウェンディ・フォウ・アンヴレラの所有ロボットです。アンヴレラは現在席をはずしております。よろしければご用件を承《うけたまわ》ります」

機械的なアナウンスが僕の口から出てくる。

相手の男性は一瞬沈黙《いっしゅんちんもく》したあと「私は、アンヴレラ博士の実験助手をしております、ラルフ・シエルと申します」とやけに小さな声で答えた。

僕は聴覚《ちょうかく》装置の感度を上げる。

「はい、いつもアンヴレラがお世話になっております」

「……アンヴレラ博士のことですが」

「はい」

——変だ。

そこで僕の肌《はだ》がざわりと粟立《あわだ》った。

どうして、この人はわざわざ自宅にかけてきたんだろう？

博士に用事なら、携帯《けいたい》電話に直接かければいいのに。

不安と恐怖《きょうふ》が、ぞろりと虫のごとく僕の背中を這《は》い上がってくる。

「あ、あの！」だから僕は思わず訊《き》いていた。「博士に何かあったんですか⁉」

相手は少しだけ口ごもり、それから意を決したようにはっきりと告げた。

真実という凄惨《せいさん》な凶器が、僕の耳を突《つ》き刺《さ》した。

「アンヴレラ博士は、事故で亡《な》くなられました」

——？

なに。

何が——

起きたの？

思考も、

世界も、

何もかも——

「――し？　もしもし!?」

受話器が、何か言っている。

――デス。

いったいどのくらい、時間が経《た》っただろうか。

――ライキャクデス。

電子音声が、繰《く》り返し、僕を呼ぶ。

――正門ニ、来客デス。

そこで僕は、意識を取り戻《もど》した。

「……あ?」

足元で、何かが僕にぶつかる。

見下ろすと、ぶらさがった受話器が、僕の足を叩《たた》いていた。

――ああ。

やっと指先が動く。

――そうだ。

――博士は

飛んでいた記憶《きおく》が、意識の表層にゆっくりとにじみ出す。
――事故で
――電話が来たんだ。
最悪の電話が。
――亡《な》くなられ
――来客デス。至急、応対シテクダサイ。
電子音声に促《うなが》されて、僕は歩き出す。
その場から逃《に》げるように、よたよたと、階段を下りて、ドアを開ける。
外に出る。

○

外はすっかり闇夜《やみよ》だった。

アーチまで歩くと、正門前の道路には、黒塗《くろぬ》りの自動車が停《と》まっていた。

運転席のドアの前には、背広を着た男性が一人、沈痛《ちんつう》な面持《おもも》ちで立っていた。男性はまだ若かったが、その顔は病的に青白く、疲《つか》れきった老人のように頬《ほお》がこけていた。

僕が声をかけると、彼は驚《おどろ》いたように寄りかかっていた車から身を離《はな》し、自分のことを実験助手のラルフ・シエルだと名乗った。

それは最悪の電話をくれた人物だった。

「アイリス・レイン・アングレラさん……ですね？」

ラルフが押し殺したような声で訊《き》いた。僕は黙《だま》ってうなずく。

そして自動車のドアがゆっくりと開いた。ラルフに促《うなが》され、僕は助手席に乗る。

行き先は、訊かなかった。

○

車に乗っている間、僕は焦点《しょうてん》の合わない目で窓の外を眺《なが》めていた。商店街のネオンは墜落《ついらく》する流星のようにか細い光の尾を引いて、次々に僕を置き去りにしていった。

ラルフはずっと黙《だま》っていた。僕に気を遣《つか》って話しかけないというより、ただ言葉を発する気力がないだけに見えた。何より、僕と彼に共通する話題など博士のことしかなく、どちらも最悪の話題には触《ふ》れようとしなかった。

十分ほどで自動車は病院に到着《とうちゃく》した。車から降りると、夜空を突《つ》き刺《さ》すように屹立《きつりつ》する病院の白い建物が僕を出迎《むか》えた。

ラルフは僕を病院の地下へと案内した。途中《とちゅう》、玄関《げんかん》やエレベーターで何重にもセキュリティーチェックを受け、そのたびにＩＤや所持品を検査された。僕が博士の所有ロボットだと分かると、好奇心《こうきしん》に満ちた視線を向ける者もいた。

地下四階の廊下《ろうか》の突き当たりに、その部屋はあった。

冷凍《れいとう》保管室というプレートの貼《は》られたドアを開けると、部屋の中央にはカプセルを引き伸《の》ばしたような丸みを帯びた二メートル強の箱が置かれていた。ラルフの話ではこの白い箱の中に博士の体が収められているらしかった。

箱の蓋《ふた》を開ける前に、ラルフは『事件』の概要《がいよう》を説明してくれた。

博士は今日の午前中、研究所の十二階にある第七解体分析《ぶんせき》室という部屋で、いわゆる暴走ロボットの『司法解体』に立ち会っていた。最近はこの手の暴走事件が多いらしく、研究所に次々に運び込まれてくるのだという。僕はヴィーナス噴水《ふんすい》広場で暴れたロボットのことを思い出した。

「事故が起きたのは、始まって三十分ほどしたころでした」

ラルフは乾《かわ》いてかさかさになった唇《くちびる》で話を続けた。

問題のロボットが解体分析室に運び込まれると、博士とラルフの所属するチームは解体に取りかかった。

開始三十分、解体作業も佳境《かきょう》というところで、そのアクシデントは起きた。ロボットが突然《とつぜん》起動し、立ち上がって暴れ始めたのだ。バッテリー残量がまったくないにもかかわらず、なぜロボットが動くことができたのか、その原因はいまだに不明。非常用の熱線銃《ねっせんじゅう》も間に合わず、ロボットは解体分析室の分厚い壁《かべ》をぶち破った。これも通常では考えられないパワーだった。

「それで、そのとき一番近くにいたのがアンヴレラ博士でした。……とっさのことで、博士は逃《に》げる間もなく、ロボットの腕《うで》が――」

博士の腹部を貫通《かんつう》した。

博士は死んだ。

ロボットが熱線銃《ねっせんじゅう》で鎮圧《ちんあつ》されたのは、その直後だった。

そして今。

ゆっくりと、花弁が開くようにカプセルの白い蓋《ふた》が持ち上がり、博士の体が姿を現した。

「はか、せ……」

僕は夢遊病患者《かんじゃ》のごとくよろよろとした足取りで、横たわった博士のもとに近づく。

すっかり血の気を失った博士の顔は、とても安らかで、まるで眠《ねむ》っているようだった。でもよく見ると口元には吐血《とけつ》を拭《ぬぐ》った痕《あと》が残っていた。胸や腹にべっとりとついた真っ赤な血液と、白い顔のコントラストが奇妙《きみょう》で、僕は何度も視線を往復させた。白い氷の彫刻《ちょうこく》に真っ赤な薔薇《ばら》の花束を閉じ込めたみたいに、博士は無機質に美しかった。

僕は博士に向かってそっと手を伸《の》ばす。その白い頰《ほお》に、僕の指先が触《ふ》れる。

なんて、冷たい。

温度感知装置の故障じゃないか、というほどに博士の体は冷えきっていて、生きている人間の体温数値を大幅《おおはば》に下回っていた。

僕は震《ふる》える指で博士の頬を触《さわ》り続ける。博士が亡《な》くなったという事実が、指先の冷たく硬《かた》い感触《かんしょく》を通じて、僕の中に浸食《しんしょく》するように伝わってくる。

僕は声に出さずに哀願《あいがん》した。

博士。僕です。あなたのアイリスです。

博士。痛かったですか。こんなに血が出てるのだから、痛かったですよね。

博士。どうして、こんな危険なことをしていたのですか。暴走ロボットの研究なんて、他《ほか》の人に任せておけばよかったじゃないですか。

博士。いつもロボットを助けてきた博士が、どうしてロボットに殺されなきゃいけないんですか。こんな理不尽《りふじん》って、あるのでしょうか。

博士。僕はここにいます。あなたのアイリスはここにいます。

だから博士。どうか目を覚ましてください。僕に命令してください。僕をからかってください。僕の髪《かみ》を撫《な》でてください――。

そのときだった。

視界の端《はし》で『それ』は光った。見ると、博士の入ったカプセルのサイドテーブルに、見覚えのある銀色のシガレットケースが置かれていた。鎖《くさり》をつけてペンダント状にした、博士のお気に入りのケースだ。

僕はそれに手を伸《の》ばす。指先は滑稽《こっけい》なくらいに震えている。

手のひらに載《の》せたシガレットケースには、生々しい血痕《けっこん》がついたままで、楕円形《だえん》の蓋《ふた》を開けるとリングシガレットが一つだけ入っていた。

「ああ……」

そこで僕は気づいた。

蓋の裏側《がわ》には一枚の小さな写真が貼《は》ってあった。映画の看板を背景に、引きつった笑顔《えがお》の少女と、いたずらっぽい笑みを浮かべた女性が、仲良く肩《かた》を並べて写っていた。

僕と博士の写真だった。

「アンヴレラ博士は、死ぬ間際《まぎわ》にそれを強く握《にぎ》り締《し》めておられました」

ラルフが低い声で言った。

【二日前】

博士が亡《な》くなった翌日。

僕はアンヴレラ邸《てい》でぼんやりとしていた。昨晩からずっと座り込んだまま、リビングの窓から外の景色を眺《なが》めていた。皮肉なほど空は青く、小鳥たちは平和を謳歌《おうか》するようにピイピイと鳴いていた。世界中でたった一人だけ取り残された気分だった。悲しみよりも、ただ現実を受け止めきれないでいた。

何をしたらよいか分からない僕は、やがて、いつもと同じことを始めた。

それは家事だった。

アンヴレラ邸を隅々《すみずみ》まで掃除《そうじ》し、庭の草を刈《か》ったり、公共料金を支払《しはら》ったりした。

洗濯《せんたく》をしようと博士の服に触《さわ》ったときは手が震《ふる》えた。料理を作ったあとに、誰《だれ》も食べる人のいないことに気づいて愕然《がくぜん》とした。

寝室《しんしつ》のベッドは冷たくて、ここにもう二度とぬくもりが戻《もど》らないことを思うと胸が張り裂《さ》けそうになった。

何をやっているのか自分でもよく分からなかった。でも僕は家事を続けた。そうやって現実からの逃避《とうひ》を続けた。残酷《ざんこく》な真実と向き合うのが怖《こわ》かった。

夜になり、ついにするべきことがなくなった。

僕は寝室前の廊下《ろうか》で膝《ひざ》を抱《かか》えてじっと座っていた。そこで待っていれば博士が帰ってくるような気がした。だから僕は一晩中ずっとシガレットケースを握り締めたまま、博士を待っていた。

でも博士は帰ってこなかった。

——警告。

明け方、精神回路《マインド・サーキット》内で電子音声が響《ひび》いた。

——アト五分デ、バッテリーガ、切レマス。

抑揚《よくよう》のない、事務的な口調で。

——スミヤカニ充電《じゅうでん》ヲ開始シテクダサイ。

僕はよろよろと立ち上がり、研究室《ラボ》に向かった。

途中《とちゅう》、電力不足で階段を転げ落ち、右の足首がおかしな方向に曲がった。僕は足を引きずりながら研究室まで歩いた。

乳白色のベッドに座り、バッテリー充電のために手首の連結ユニットを露出《ろしゅつ》させたときだった。発作《ほっさ》的に、僕は手首を切ってしまいたい欲望にかられた。

これを切れば、死ねる。楽になれる。博士のところに行ける。

博士が亡《な》くなって以来すっかり精神の均衡《きんこう》を崩《くず》していた僕は、その欲望を実行に移した。

修理用のバーナーを手に取り、スイッチを入れる。ゴウッと陽炎《かげろう》がゆらめき、バーナーの先から赤い炎《ほのお》の柱が突《つ》き出る。それをゆっくり手首に近づけると、汗《あせ》のように金属の珠《たま》がいくつも浮かび上がり、連結ユニットは熔解《ようかい》していった。十秒ほどでユニットの差込口《さしこみぐち》を焼き切ると、黒い機械油がブシャッと盛大に噴《ふ》き出した。

それは凄惨《せいさん》な光景だった。手首からほとばしる油は天井《てんじょう》まで達し、雪原のように真っ白だった研究室はあっという間に黒く油臭《くさ》い空間へと変貌《へんぼう》していく。僕はその白昼夢を恍惚《こうこつ》とした表情で見つめながら、「警告、警告、警告、警告!」とヒステリックに叫《さけ》ぶ精神回路《マインド・サーキット》内の電子音声を聞いていた。

五分もすると、僕の体内からは機械油が流れ尽《つ》くし、手首からピュウピュウと駅前広場の噴《ふん》水《すい》みたいに黒い液体が出るだけとなった。

そのときだった。

僕は猛烈《もうれつ》な悪寒《おかん》に襲《おそ》われた。

それは今まで感じたことのないひどいものだった。目まいと、吐《は》き気《け》と、頭蓋《ずがい》を掻《か》き回すような痛みが、わずかな間隔《かんかく》を開けて何度も僕を襲った。僕は毒物を飲んだ人間のように、唇《くちびる》を震《ふる》わせ、胸を掻き毟《むし》り、苦しみのあまり床《ゆか》をのたうち回った。

――警告。稼働《かどう》限界マデ、残リ三十秒デス。スミヤカニ修理ヲ開始シテクダサイ。

電子音声がいつもの抑揚《よくよう》のない声で、死の宣告をした。

その途端《とたん》、僕は狂人《きょうじん》のごとく目を見開いた。


――嫌《いや》だ、死にたくない！

僕は慌《あわ》てて体を起こすと、油まみれの黒い手で充電チューブを乱暴に掴《つか》み、手首の差込口に突き刺《さ》した。しかしバーナーで焼き切った連結ユニットは熱で変形しており、裁縫《さいほう》で針に糸を通すときのようにチューブの連結は何度も失敗した。

——稼働《かどう》限界マデ、残リ十秒デス。九秒、八秒、七秒……。

ハッ、ハッ、ハッ、ハッと短く恐怖《きょうふ》の息を吐《は》きながら、僕は目を見開いて手首の連結ユニットにチューブを突《つ》き刺《さ》し続けた。何度も、何度も、何度も、何度も、死にたくない、死にたくない、死にたくない、死にたくないと。

ずぶりと鈍《にぶ》い音がして、チューブを連結ユニットにねじ込むと、電力と機械油の供給が始まった。警告音が鳴りやみ、悪寒《おかん》と吐き気が収まっていく。

僕は心底ほっとした。

ああ、これで死なないで済む。

よかった。

死なないでよかった。

——よかった？

僕は自分の感情に愕然《がくぜん》とする。

何がよかったのだ？

自分が死なないでよかった？

博士が死んだのに？

自分だけ生きているのがそんなに楽しいのか？

自分だけ、おめおめと、生《い》き恥《はじ》をさらして、楽しいのか？

僕の中で、もう一人の僕が囁《ささや》く。

アイリス・レイン・アンヴレラ。おまえはまだ死なないのか。ロボットのくせに死が怖《こわ》いのか。仕えるべき主人を失い、もうひとかけらの存在意義もないくせに、それでもまだ生き永《なが》らえたいのか。死ね、死ね、今すぐ死ね、潔《いさぎよ》く死ね。

自己嫌悪《けんお》のあまり、僕は髪《かみ》の毛を掻《か》き毟《むし》った。

どうにも糊塗《こと》しようのない事実として、僕は生に執着《しゅうちゃく》していた。生きたい。死にたくない。それは死に向かい合って初めて気づいた感情だった。

僕は自分を軽蔑《けいべつ》した。あんなに博士のことが好きだったのに。あんなに恥《は》ずかしげもなく愛の言葉を並べていたくせに。僕は博士のあとを追うことすらできないのだ。

頭を掻き毟るたびに、手首からだらりと下がったチューブがベチベチと床《ゆか》にぶつかり、それがひどく邪魔《じゃま》だった。でもチューブを引き抜《ぬ》く勇気なんて僕にはもうなかった。

壁《かべ》も天井《てんじょう》も黒く汚《よご》れきった油臭《くさ》い部屋で、自分の体から噴《ふ》き出したどす黒い血だまりに座り込み、僕は狂人《きょうじん》のように頭を掻き毟り続けた。髪の毛が何本も何十本もぶちぶちと抜《ぬ》けた。

【前日】

昼ごろに来客があった。

見慣れぬ灰色の制服を着た男性と、いかつい大型ロボット三台が正門前に現れた。彼らはロボット管理局オーヴァル支部と名乗り、僕を回収に来たと告げた。男性だけが油臭《くさ》い僕を見て顔をしかめた。

博士には身寄りがない。だから博士所有の財産である僕を引き取る相続人もいない。そのため僕は法律的には『無主物』となり、国の財産に帰属することになった。そして国の当局たるロボット管理局が回収に来た——と男性は説明した。

僕は鋼鉄《こうてつ》のロボットに両脇《わき》を抱《かか》えられ、護送車のような頑丈《がんじょう》な車の荷台に乗せられた。逆らうことはできなかったし、そんな気力も僕には残されていなかった。

ロボット管理局の事務所に到着《とうちゃく》すると、男性は僕に分厚い書類を手渡《わた》し、指定された場所に行くよう命じた。僕は鋼鉄のロボットに先導され、とある場所に連行された。

そこはロボット検査工場だった。

ロボットを製品として市場に出荷するためには、法定の安全基準を満たす必要がある。ここはそのための検査をする場所だった。検査をパスしたロボットは、入札によって改めて業者に払《はら》い下げられる。

僕は初期開発段階を除き、今までずっと博士に検査をしてもらってきたので、この目で検査工場を見るのは初めてだった。

「服を脱《ぬ》ぎなさい」

最初に言われたのはこのセリフだった。自己紹介《しょうかい》も何もない。

僕は覚束《おぼつか》ない手つきで、ためらいがちに服を脱いでいく。靴下《くつした》を脱ぎ、エプロンをはずし、続いてワンピース――。

「グズグズするな！」

下着姿になった僕に、検査官が荒《あら》っぽい声で命令する。

「さっさと全部脱ぐんだ！」

周囲では、何人もの男性検査官が僕をねっとりと見ている。「一人前に恥《は》じらってやがる！」と誰《だれ》かの野次《やじ》が飛ぶと、ニヤニヤした薄笑《うすえ》みが男たちに広がった。

服を脱いだあとはさらに恥辱《ちじょく》だった。

男たちの手が、僕の皮膚《ひふ》の上を、這《は》った。ある者は機械的な動きで、ある者はそれと分かるいやらしさで。

僕は黙《だま》っている。なすがままにされている。

羞恥《しゅうち》と嫌悪《けんお》が入り混じった、ぐちゃぐちゃとした頭のまま、僕は体表検査を終えた。

精神回路《マインド・サーキット》スキャン、動作制御確認《せいぎょかくにん》、安全回路《セーフティ・サーキット》のチェック。検査はいくつも続き、僕は工場内のあちこちを移動させられた。

服は返してもらえなかった。だから僕はずっと全裸《ぜんら》だった。首から下げたシガレットケースだけが僕の唯一《ゆいいつ》の持ち物だった。

そして最後の『再出荷テスト』を迎《むか》えた。

再出荷テスト。それは、検査工場で安全基準を満たしたロボットを、再度一般《いっぱん》市場に出荷するためのオークションだ。ここで買い手がつかなければ、中古部品市場に流れる――つまりバラバラに解体されて『スクラップ』となる。

テストが始まる前に、僕は控《ひか》え室《しつ》で『首輪』をつけられた。この首輪は製品管理用のタグで、数字とバーコードが刷《す》り込まれていた。

再出荷テストの部屋に入ると、ベルトコンベアをぐるりとつないで円形にした製品展示ベルトが回っていた。僕は他《ほか》のロボットたちのあとに並ばされ、順番が来るとベルトの上に座らされた。

秒速十センチ程度のゆったりとしたペースで、僕は展示ベルトの上を何度も回った。備えつけられた各種カメラの向こうには、ロボット業者の中古品買いつけ担当者が僕を吟味《ぎんみ》しているのだろう。こいつは売れそうか、商品価値はありそうか、と。その間、僕は呆《ほう》けたように座り込み、天井《てんじょう》がやけに白いな、とか、今日は何曜日だろう、とか関係ないことばかりを考えていた。

そうやって僕はベルトの上を何周も回った。他のロボットたちもいっしょに回り続けた。それは生と死を司《つかさど》るメリーゴーランドだった。

きっかり十周で僕はベルトから降ろされた。僕を買い取る者は誰《だれ》も出てこなかった。

そして僕のスクラップが決まった。


【解体当日】


ブウン、ブウンと重苦しい音が聞こえる。

ベルトコンベアは一定のリズムで流れていく。

僕はベルトの上で、全裸のままぺったりと力なく座り込んでいる。

ここはオーヴァル市郊外《こうがい》にある特殊《とくしゅ》機械処理工場——通称・ロボット処分場。スクラップが決まるとすぐ、僕はトラックに積まれてこの処分場まで運ばれた。他のロボットたちもいっしょだったが、まるで刑務所《けいむしょ》に送られる囚人《しゅうじん》のように、誰も一言も口を利《き》かなかった。

車の荷台で揺《ゆ》られている間、僕は自分に買い手がつかなかった理由をぼんやりと考えていた。精神回路《マインド・サーキット》をスキャンされたときに、自殺を図ったことがバレたからだろうか。博士の妹さんをモデルに造られたから、一般市場で売りにくいと思われたのだろうか。最新型ロボットだから買い値が高いと敬遠されたのだろうか。

分からない。

でも、はっきりしていることが、ひとつ。

もうすぐ僕は解体される。

なぜ、どうして、僕はこんなところに座っているのか。博士との、甘く優《やさ》しい、あの幸せな時間はどこへ行ってしまったのか。解体なんてとても現実のこととは思えない。

逃《に》げ出すことはできなかった。安全回路《セーフティ・サーキット》が働いて、僕の精神回路《マインド・サーキット》は完全にロックされていた。それにバッテリー残量もほとんどない。

僕は刻一刻と迫《せま》る終焉《しゅうえん》の時を待つ。ベルトコンベアは流れ続ける。解体フロアが悪魔《あくま》みたいに口を開けて迫ってくる。

首から下げたシガレットケースが、乳房《ちぶさ》の間でカタカタと生き物のように揺《ゆ》れた。

灰色の殺風景なフロアに入ると、解体機械のアームが僕の右腕《うで》を掴《つか》んだ。警察官に拘束《こうそく》された犯人のように、ギチギチと僕の腕は背中のほうにねじり上げられる。脳内でけたたましく警告音が鳴り出すと、僕はすぐにプログラムを切った。こんなもの、今となっては何の役にも立たない。

解体機械のアームには数百はありそうな突起《とっき》がついていて、それぞれが触手《しょくしゅ》のように蠢《うごめ》いていた。突起からは白い粘着質《ねんちゃくしつ》の液体が飛び出し、僕の右腕を絡《から》め取った。この液体は火花を防ぐための消火剤《ざい》のようだった。熱で泡《あわ》立った白い液体はどこか石鹸《せっけん》水に似ていた。

右腕全体が白い泡に塗《まみ》れると、解体アームから指一本分くらいの細いレーザーが発射され、僕の肩《かた》回りをなぞるように切断していった。あまりの激痛に僕は叫《さけ》び声《ごえ》を上げ、反射的に痛覚機能をすべてオフにした。そうしなければ気が狂《くる》いそうだった。

しばらくすると人工筋肉がブチブチと断裂《だんれつ》する音が聞こえた。機械油を体内に流していたチューブが切れると、油が跳《は》ねてレーザーに飛んだ。そのたびにジュッと音が出て嫌《いや》な臭《にお》いの煙《けむり》が噴《ふ》き上がった。

解体が始まってから三十二秒間で、僕の右腕は、あっけなく肩から切断された。

右腕がなくなったあとは、左腕だった。

解体機械のアームが僕の左腕をねじり上げる。数百の小突起が変態前の幼虫のごとく白い液状の糸を吐《は》き出し、左腕が泡に塗れる。レーザーが飛び、ジュウッという煙が立ち、弧《こ》を描《えが》くように肩回りが切り取られていく。

そして左腕もあっさりと僕から離《はな》れていった。三十四秒かかった。

両腕を失うと、次は右脚《あし》の番になった。

切断部分がガッチリと固定され、泡に塗れ、青い光の刃《やいば》が飛び、嫌な臭いの煙が出る。脚は腕より太いので、少しだけ余分に時間がかかった。一分十一秒だった。

そこで僕は、切断された右脚《あし》に、何やら情報がびっしり書かれたシールが貼《は》られたことに気づいた。あのパーツはもはや僕の体ではなく、中古部品市場に送られる『商品』なのだろう。切断された右脚はベルト脇《わき》の回収ボックスに転がり落ちていく。箱の中には他《ほか》のロボットたちの『手足だったもの』が数十本、バラバラ死体のように積み重なっていた。中にはまだ蠢《うごめ》いているものもあって、気持ち悪い。


右脚に続き、左脚の解体作業が始まった。

僕はぼんやりと青いレーザーを見つめる。目の焦点《しょうてん》が合わずに視界がぼやける。

とにかく早く終わってほしかった。この苦痛でしかない時間を、一秒でも早く。

だから僕は現実逃避《とうひ》を始めた。思い出すのは博士のことだった。

来週のお休みには二人で遊園地に行くはずだった。再来週《さらいしゅう》にはまた映画の予定があった。来月にはお洋服を買ってもらう約束だった。再来月には——。

そこで、レーザーが目の前を横切った。僕はふと疑問に思う。この解体レーザーは、ロボット鎮圧《ちんあつ》用の熱線銃《ねっせんじゅう》と同じものだろうか、と。

そうだ、熱線銃といえば——取り留めのない思考が別の疑問を生み出す。

噴水《ふんすい》広場で暴れたあのロボットは、その後どうなったのだろうか？

気がつくと左脚はなくなっていた。かかった時間はもう分からない。

手足をすべて失うと僕はベルトの上に横たえられた。

そして首の切《き》り離《はな》し作業が始まった。

僕の顔は二本の解体アームによって、両側《がわ》から頬《ほお》を挟《はさ》むように固定された。冷たく、乱暴な、ゴツゴツした機械の手。柔《やわ》らかくて温かい博士の手とは、全然違《ちが》う。

冷たい機械の手は、僕の首筋に青い光のメスを当てる。灼熱《しゃくねつ》の刃《やいば》が僕の首を少しずつ、正確に刈《か》り取っていく。

僕はまた現実から逃避する。

逃避した先には決まって博士がいた。

——今日は帰ったら、大事な話があるの。

それは博士と交《か》わした、最後の会話。

——フフフ。ま、悪い話じゃないから。

そうだ、あのとき、博士は。

——なんていうか……そうね、プレゼント？

博士。

あのとき話したプレゼントは、結局なんだったのですか？

バチッ、と何かが爆《は》ぜたような音がして、僕の首が胴体《どうたい》から切り離《はな》された。首の下には血管のようなチューブが何本も垂《た》れ下がる。チューブの先には四肢《しし》をもがれた哀《あわ》れな僕の体が見え、胸や腹の皮膚《ひふ》がまるで別の生き物みたいにひくりひくりと痙攣《けいれん》していた。

不思議と恐怖《きょうふ》はなかった。

手首を切ったあのときとは違《ちが》い、僕の心は落ち着いていた。これから死ぬことを素直《すなお》に受け入れていた。ただそれはなんら前向きな変化ではなく、達観でもなく、悟《さと》りでもなく、ただ単に僕の心が壊《こわ》れ始めていたからだろう。

やがて、首だけになった僕に、また解体アームが迫《せま》ってきた。

そして僕の頭部は分解され始めた。

まず髪《かみ》の毛が頭皮ごと毟《むし》り取られた。僕の自慢《じまん》だった栗《くり》色の髪は頭皮といっしょに持ち去られていく。次に眼窩《がんか》に丸い金具が埋《う》め込まれ、ぐりゅんと小気味よい音がして眼球が抉《えぐ》り出される。抉り出された右の眼球と、残った左の眼球の視線が合う。だがその左の眼球もぐりゅんと抉り出される。

世界から光が消える。

続いて耳の中に何か棒状のものが突《つ》っ込まれる。何が突っ込まれたのかは光を失った僕にはもう分からない。レーザーらしき熱線が僕の側頭部で円を描《えが》き、聴覚《ちょうかく》装置ごと耳が取り外される。

世界から音が消える。

皮を剝《む》かれ、果肉をそぎ落とされるフルーツのように、僕は少しずつ緩慢《かんまん》に解体されていった。歯茎《はぐき》をはずされ、舌を抜《ぬ》かれ、鼻をそがれ――。

もう何も見えない。何も聞こえない。何も臭《にお》わない。何も感じない。

それでも僕は、最後の瞬間《しゅんかん》まで、ずっと博士のことを考えていた。


博士。

博士は今、どこにいますか。

天国ですか。そこは住み心地《ごこち》がいいですか。ご飯はちゃんと食べていますか。ベッドでシガレットを吸ってはダメですよ。

博士。

僕はこれからどこに行くのでしょうか。

ロボットにも天国ってありますか。そこはどんなところでしょうか。キッチンは使いやすいですか。八百屋さんは親切ですか。

博士。

博士はどうして死んでしまったのですか。

僕がいい子にしてなかったからですか。映画をちゃんと見てなかったからですか。感想レポートを真面目《まじめ》に書かなかったからですか。

博士。

博士に会いたいです。会いたくて会いたくて、会いたいです。

今から会いに行っても、よろしいでしょうか。僕はロボットだけど、人間の天国には入れてもらえるでしょうか。

博士。

ああ、博士。

人間の天国と、ロボットの天国はご近所

で

しょ

か——

Iris on rainy days

【第二章】

転生

「ようこそ、真夜中の読書会へ」

（リリス・サンライト）

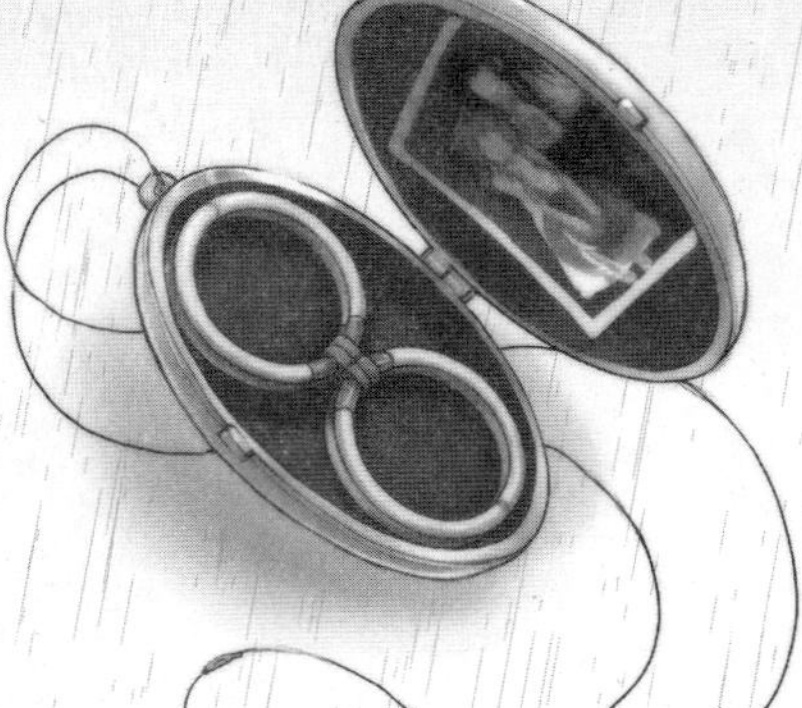

【一日目】

——。

ザアザアと、

——？

音がする。

雨のような、

映りの悪いテレビのような、

とても耳障《みみざわ》りな、

雑音。

それで目が覚めた。

——僕は。

思考が徐々《じょじょ》に、回復する。

——……て……いる……？

僕はまだ、生きている——少なくとも、精神回路《マインド・サーキット》が外界認識《にんしき》不能なレベルにまでは破壊《はかい》されていない。

ただし視界は悪い。映像の質が極端《きょくたん》に低下しており、砂埃《すなぼこり》のような光の粒《つぶ》がチカチカと目の前を舞《ま》う。おまけに古い映画みたいにあちこちに『線』が走る。白い縦線が何本も。

そして何よりモノクロ——つまり色がない。白と黒だけの殺風景な世界。

——どういう……こと？

朦朧《もうろう》とする頭で、記憶《きおく》をさかのぼる。

解体工場でスクラップにされた。手足はもがれ、首と胴体《どうたい》を切断された。

——では、ここはどこ？

だんだん聴覚《ちょうかく》装置が機能してくる。周囲の音が判別できるようになる。

「おら、そっちに運べ！」「グズグズするな！」「バカヤロウ、さっさと行くんだ！」という怒《ど》号《ごう》と喧騒《けんそう》。ガーンガーンと鳴り響《ひび》く重たい金属音。

——工事……現場？

僕はあたりをきょろきょろと見回す。しかしすべての色が失われたモノクロの視界では、状《じょう》況《きょう》が極《きわ》めて把《は》握《あく》しにくい。おまけに、雨のような白い縦線がひっきりなしに目の前を遮《さえぎ》る。まるで傷だらけのゴーグルごしに世界を見ているような感覚。

僕はしばらく、何とかして今の状況を理解しようと目を凝《こ》らし続けた。

そしてあることに気がついた。

——誰《だれ》？

気配を感じて振《ふ》り向くと、そこには一台のロボットがいた。

それは奇妙《きみよう》なロボットだった。

バケツをひっくり返したような頭部に、双眼鏡《そうがんきよう》みたいなレンズをはめた両眼と、小型スピーカーをくっつけただけの口。その顔は、いかにも前時代的な、ロボット専門学校生の試作品のごとき風貌《ふうぼう》だった。

体のほうもひどかった。左腕《うで》は右腕に比べて十センチは短く、指先はどれも火傷《やけど》したように一本一本が膨《ふく》れ上がっている。両足はそもそも存在せず、代わりに錆《さび》ついたキャタピラが取り付けられている。体のどのパーツをとっても、どこかサイズや接続がチグハグだった。

おそらく、中古屋からまだ使えそうなパーツを仕入れて、適当につなげて造った即席《そくせき》ロボットだろう。そしてシステムの中核に精神回路《マインド・サーキット》を接続して無理やり起動させた。そんなところだろうか。

いい加減な部品で、いい加減に造られたロボット。哀《あわ》れな姿の異形《いぎよう》のロボット。

そのロボットが、さっきからずっと僕を見ている。

――なんだろう、いったい。

少々気味が悪くなって僕が後ずさると、そのロボットも同時に後ずさった。

――え？

僕は『右手』を上げる。ロボットは『左手』を上げる。まるで向かい合う『鏡』のように。

僕は自分の手を見た。手の先には、正面のロボットと同じ、無骨な太い五指。

――まさか。

その可能性に僕はぞくりと戦慄《せんりつ》する。だが一方で確信めいた思いも湧《わ》き上がる。あれだけバラバラに、スクラップにされたんだ。元の体であるはずがない。

ということは――。

僕はキャタピラを動かして『彼』に近づいた。『彼』も僕に近づいた。

鏡に映っていた奇怪《きかい》なロボットは、紛《まぎ》れもなく僕だった。

○

僕はしばらく、じっと『彼』と向かい合っていた。驚《おどろ》きのあまり言葉が出ない。身じろぎひとつできない。

――これが……僕……。

自分の身の上に起きたことに、感覚が追いつかない。

目の前の彼を改めて見つめる。バケツを逆さにしたような頭部、双眼鏡のごとき両眼、小型スピーカーをくっつけただけの口。左腕はやけに短くて――いやこれは右腕か――。

タが積まれていた。

「さっさと行け！　これは命令だ！」

その怒声《どせい》に、また僕の体は硬直《こうちょく》し、キャタピラが勝手に動き出す。

ぬかるんだ斜面《しゃめん》を百メートルも下りただろうか。そこには鉄骨やコンクリート片など、廃材《はいざい》らしきものが山と積まれていた。他《ほか》のロボットたちはそれを持ち上げて斜面を登っている。どうやらこの廃材運搬《うんぱん》が僕の仕事らしかった。

そして僕は廃材を運び始めた。やりたくもない作業だったが、命令には逆らえなかった。内蔵された安全回路《セーフティ・サーキット》の強制命令コードが、抗《あらが》いがたい力で僕を動かした。

ここはどこなのか、この作業は何のためなのか。そんなことは皆目《かいもく》分からなかった。僕は何回も何十回も廃材を担《かつ》ぎ、現場を往復した。立ち止まるとすぐに矢のような怒号《どごう》が飛んだ。そのたびに僕の体は硬直し、催眠《さいみん》術をかけられたみたいに強制的に動き出した。

やがて、海岸線の向こうに灰色の陽《ひ》が沈《しず》んでいった。それでも『労働』は延々と続いた。


深夜。やっと一日の労働が終わると、僕は他のロボットたちといっしょに近くの倉庫に集められた。倉庫内には瓦礫《がれき》や廃材がうずたかく積まれており、その手前のスペースにはずらりと灰色の四角い板が並んでいた。その一メートル四方の板は充電パネルだった。ロボットたちはパネルの前に整列し、人間によって次々に電力供給ケーブルを連結されていった。その光景は、墓石から養分をもらう死者の行列のように見えた。

僕も墓石の前で自分の順番を待った。作業員が来ると、ガチャリと胸部の蓋《ふた》が開けられ、太いケーブルを押し込まれた。

そして僕は意識を失った。


【二日目】


あくる日も『労働』は続いた。

この日の労働内容も昨日と同じだった。廃材運搬《はいざいうんぱん》——海岸線をびっしりと埋《う》め尽《つ》くした鉄骨や瓦礫《がれき》を撤去《てっきょ》するのが、ここにいるロボットたちの仕事だった。廃材はとにかく大量に積まれていて、どれも真っ黒に焼け焦《こ》げていた。何か巨大《きょだい》な建物を爆破《ばくは》処理した跡《あと》のようにも見えた。廃材を越《こ》えた先には灰色の海が広がっている。いや、あの海は本当は青いのだろうか。僕のモノクロの視界には白と黒と灰色しかないので、色を識別できない。

相変わらず視界は悪い。古い映画のようにひっきりなしに白い線が入る。ザアザア、ザアザアというノイズも収まらない。だから僕は、この現象を『雨』と名づけた。白い線は雨の滴《しずく》で、ノイズは雨音。僕にだけ見えて、僕にだけ聞こえる雨だ。

その雨の向こうには、今日も百台以上のロボットたちが不ぞろいな隊列をなして廃材を運搬している。たいていは胴体《どうたい》と手足の規格がミスマッチで、中古品とガラクタを寄せ集めて造った即席《そくせき》ロボットだ。彼らは黙々《もくもく》と、そしてきびきびと廃材を運び続ける。

彼らに混じって廃材を運びながら、僕は昨日からずっと同じことを考えている。

いったい僕は、ここで何をしているのだろう？

博士によって造られ、博士といっしょに暮らし、博士のために働く、博士のロボット。それが僕だったはずだ。

だが、今はどうだろう。あの白く温かな少女の体はもはやどこにもない。あるのはジャンクパーツの寄せ集めの体――双眼鏡《そうがんきょう》のような目、小型スピーカーの口、寸胴《ずんどう》なボディ、下半身のキャタピラ――見るたびに吐《は》き気《け》を催《もよお》す僕《ぼく》の醜《みにく》い体。

そんなふうに、今日何度目かの自己嫌悪《じこけんお》に陥《おちい》っていたときだった。

ガンッ、と頭に衝撃《しょうげき》が走った。すぐに握《にぎ》り拳《こぶし》くらいの石ころが目の前のぬかるんだ地面を転がる。

「ぼやっとするな百八番！」監督《かんとく》の怒号《どごう》が飛ぶ。「誰《だれ》が休んでいいと言った！　さっさとその廃材を運べ！」

「申し訳ありまセン」

電子音声で謝罪の言葉を述べると、僕はまたよろよろとした動作でキャタピラを動かし、斜《しゃ》面《めん》を登っていく。

本日四十三回目の往復が始まる。

どんよりとした灰色の空の下、陰鬱《いんうつ》な作業は続いた。目の前の斜面には百を超《こ》える物言わぬ同僚《どうりょう》たちと、無数のキャタピラの轍《わだち》。

そして僕は同じ問いを繰《く》り返す。

いったい僕は、ここで何をしているのだろう?

その日もまた、夜が来て、一日が終わりを告げる。

僕は倉庫に入り、充電《じゅうでん》ケーブルを差し込まれる。

スイッチを切られたときだけ、雨がやんだ。


【八日目】


一週間が過ぎても、労働は同じことの繰り返しだった。

作業ロボット『百八番』である僕は、今日も廃材《はいざい》を運んでいる。あいかわらず視界はモノクロで、空も海も大地もすべてが灰色に染まっている。あの『雨』もやむ気配はない。ザアザアと音を立てて何本もの白線が目の前を行き交《か》う。

僕は一日におよそ百二十回前後——正確には百十六回から百二十八回の間で、現場を往復した。休憩《きゆうけい》時間はない。一日の労働時間が十八時間を下回ることもない。

千回近く現場を往復して、いくつか分かったことがある。

まず、現場は大きく二つに分かれる。『胃《ストマック》』と『腸《インテスティン》』だ。

海岸沿いでは、クレーンやショベルカーなどの大型重機が巨大な廃材の山を取り崩《くず》している。取り崩された廃材は一箇所《かしよ》に集められ、タワーのようにうずたかく積まれる。そこが『胃』である。僕たちロボットは、この『胃』に置かれた廃材を、斜面を登ったところにある内陸側《がわ》の中継《ちゆうけい》地点『腸』まで運ぶ。胃と腸の往復、それが僕たちの仕事のすべてだ。

運搬《うんぱん》する距離《きより》は往復二百メートルほどで、かなりきつい斜面になっている。足場は悪く、時々キャタピラを地面のぬかるみにとられる。廃材搬出用のトラックが海岸線まで乗り入れないのは、この地盤《じばん》の緩《ゆる》さにある。

ちなみに廃材は『ジャンクフード』と呼ばれていた。ジャンク、つまりガラクタのことをもじったらしいが、由来はよく知らない。

廃材にはさまざまな種類があった。ひしゃげた鉄骨、コンクリートの瓦礫《がれき》、焼け焦《こ》げた金属片。時々、武器や爆薬《ばくやく》のような残骸《ざんがい》も見受けられた。とすると、ここは軍隊の関連施設《しせつ》か何かだろうか。現場の周囲はぐるりと高い鉄条網《もう》に囲まれており、ものものしい雰囲気《ふんいき》を醸《かも》し出していた。

僕たちロボットは、今日も『ジャンクフード』を『胃』から『腸』へと運び続ける。廃材《はいざい》は腸まで運ばれると、ベルトコンベアに乗せられる。腸という名が示すとおり、ベルトコンベアは大腸と小腸のように渦《うず》巻き状に設置されている。コンベアの前にはガスマスクをつけた作業員数十名が廃材の仕分けをしている。

最初は、この作業員たちのことを人間だと思っていた。しかし、その動きのぎこちなさや、監視《かんし》員に怒鳴《どな》られるときに番号で呼ばれているところから察するに、やはり全員ロボットのようだった。ガスマスクをつけている理由はさだかではないが、きっとロボットにとって有害な物質でも扱《あつか》っているのだろう。

要するに、この解体工事現場で働いている者はほとんどがロボットだった。人間の仕事は監視と命令だけだった。僕たちは奴隷《どれい》のごとく毎日コキ使われ、食べカスを運ぶ蟻《あり》のように廃材を運び続けた。一日が終わると僕たちは巣穴《すあな》に帰った。

僕はこの一週間、ずっと博士のことを考えないようにしていた。ふっと思い出してしまったときは、心の奥底に無理やりでも仕舞《しま》い込んだ。もし、それを正視してしまったら、ちゃんと向き合ってしまったら、今の僕にはとても耐《た》えられないという確信めいた想《おも》いがあった。

そして僕はだんだんと物事を考えないようになっていった。いったい自分が何をしているのか、どうしてこんなことになってしまったのか——といった当初の疑問も日に日に思い浮かばなくなった。

いつしか僕は、物言わぬ灰色のロボットたちの仲間入りをしていた。


【十五日目】


天も地もすべての色が抜《ぬ》け落ちたモノクロの世界で、今日も僕は現場を往復する。胃から腸へ、腸から胃へ。

こうやって、千八百十二回も同じ場所ばかりを往復していると、いやでも『同僚《どうりよう》』たちのことが目に入ってくる。鋼鉄《こうてつ》製の幽霊《ゆうれい》みたいな彼らの灰色の影《かげ》は、日を追うにつれ、僕の空虚《くうきよ》な心の中に積み重なっていった。まるで、誰《だれ》も住む者のいない人家に塵《ちり》と埃《ほこり》が積み重なっていくように。

そしてロボットの悲しい性分ゆえか、そのデータは整理され、一つの形を取るようになる。

たとえばこうだ。

■作業ロボット総数　…百十台
※『胃~腸』で廃材運搬《はいざいうんぱん》に従事する者のみ。

■分類A（身長）
一メートル未満　…二十三台
一メートル以上二メートル未満　…八十一台
二メートル以上　…六台

■分類B（規格）
ジャンク寄せ集め　…九十三台
既製《きせい》中古品　…十七台
※外見からの推測《すいそく》。

■分類C（下半身駆動《くどう》系）
キャタピラ型　…八十二台
四足歩行型　…二十六台
二足歩行型　…二台

これらは当初、何の意味も持たない無機質で無感動な数字だった。

しかしあるころから急速に、この数字――特に分類Cの『二足歩行型…二台』が、僕にとって意味を持ち出す。

それが、十五番と三十八番だった。

――いったい、なんだろう。

僕は廃材を運びながら、レンズの角度を変える。

まず目に留まるのは、高さ・横幅ともに二メートルを超《こ》える大型ロボット――識別番号『十五番』だ。

酒樽《さかだる》みたいにずんぐりした灰色の胴体《どうたい》に、太くて力強い四肢《しし》。足元だけが長靴《ながぐつ》を履《は》いたように黒い。その巨体《きょたい》は現場のどこにいても目立った。

十五番は大変な力持ちで、何百キロもありそうな廃材の束を軽々と両腕《うで》に載《の》せ、今日も現場を闊歩《かっぽ》している。二足歩行型である彼の足跡《あしあと》は、まるで象《ぞう》が歩いた跡のように深い穴となっており、僕や他《ほか》の同僚《どうりょう》は日に三度はその穴にキャタピラをとられた。

そして僕が関心を持ったのはもう一人。

彼女。

そう、彼ではなく、彼女といっていい、その二足歩行型ロボット――識別番号『三十八番』。

身長は僕より頭ふたつ分ほど高く、目測で一メートル四十センチ前後。カーペンター仕様の作業服を着て、長い髪《かみ》をリボンで結《ゆ》わえて右肩の前に垂《た》らしている。彼女は元気ハツラツといった足取りで、今日も肩《かた》に廃材《はいざい》を載《の》せて現場を往復している。

百台以上いるロボットたちの中で、彼女ほど『人間らしい』容姿の者はいない。その体もジャンクの寄せ集めではなく、手足も胴体《どうたい》もすべてオリジナルのパーツで出来ているように見える。

そして、この三十八番の少女ロボットと、十五番の巨漢《きょかん》ロボットは、いっしょにいることが多いのだ。時々並んで歩き、何か話をしている。

いったい何を話しているのだろう。二人は何者なんだろう。僕は廃材を運びながら、気がつくと二人のことを考えていた。

どうしてこんなに気になるのかは、自分でもよく分からない。

ただ、二人の姿を目で追っている間だけは、つらい現実からほんの少し解放される気がした。

【三十二日目】

この現場に来て一ヶ月が経過した。

僕は今でも『あの二人』のことが気になっている。ずんぐりした巨漢ロボットと小柄《こがら》な少女ロボット——十五番と三十八番だ。

二人は対照的なコンビだった。

まず、巨漢ロボットの十五番。

彼は図体《ずうたい》は大きいが、動作が鈍《にぶ》かった。のしのしと巨大な廃材を抱《かか》えて前進する姿は勇ましくさえあるのだが、次の瞬間《しゅんかん》にはぬかるみに足をとられて横転していたりする。それも、仰《あお》向《む》けにひっくり返った昆虫《こんちゅう》みたいに手足をばたつかせている様子は、言っては悪いが滑稽《こっけい》そのものだ。

一方で、少女ロボットの三十八番は俊敏《しゅんびん》だ。他《ほか》のロボットの間を風のようにすり抜《ぬ》ける。その姿は猫《ねこ》とかリスとか、小さくてすばしこい動物をイメージさせる。

少女は巨漢ロボット十五番とすれ違《ちが》うとき、たいてい何か話しかけていく。そのほとんどが「よっ！」「元気？」「お先に！」という一言で、ポンと巨漢の腰《こし》のあたりを軽くタッチする。

そんな感じで、二人は昔からの親友みたいなコンビだった。

ただ、二人と僕の間にはなかなか接点が生まれなかった。

そもそもこの工事現場には、他《ほか》の同僚《どうりょう》ロボットとの『交流』という概念《がいねん》はない。朝から黙々《もくもく》と廃材を運び、夜になればスイッチを切られて終了《しゅうりょう》。そこには命令する人間と服従するロボットという『タテ』の関係しかなく、ロボット同士の『ヨコ』の関係は存在しない。会話もなければ協力関係もない。

会話のできるロボットは何も十五番や三十八番だけではない。人間の監視《かんし》員に命令されれば

「ハイ」「承知シマシタ」「申シ訳アリマセン」という受け答えをしているロボットは数多く見た。ぶつかったときに「スミマセン!」と謝ってくれた者もいた。

だが、僕がここに来て一ヶ月の間、十五番と三十八番の二人を除いては、ロボット同士で会話を交《か》わしている光景はついぞお目にかからなかった。

だからこそ、あの二人は百台以上いるロボットたちの中で、特異な存在だったのである。


【四十四日目】


接点が出来たのは突然《とつぜん》だった。ここに来て四十四日目の朝。

中継地点《ちゅうけいちてん》『腸』まで廃材《はいざい》を運び終えて、来た道を引き返す僕に話しかける者がいた。

「ちょっと、あなた」

「ハイ?」

振《ふ》り向くとそこには、あの少女——識別番号『三十八番』がいた。ほっそりした華奢《きゃしゃ》な体躯《たいく》に、ポケットだらけの大きめの作業服。切れ長の大きな瞳《ひとみ》がまっすぐに僕を見つめている。

少女は上からぐいっとその白い顔を僕に近づける。僕は思わず体をのけぞらせる。こんなに気持ちが高ぶったのはいつ以来だろう。

「番号はいくつ?」

「……エ？」

　とっさのことで、僕は少女が何を言ったのか理解できなかった。今まで遠くから眺《なが》めるだけだった少女に急に話しかけられて驚《おどろ》いたこともあるし、ここ一ヶ月半ばかりまともな会話をしていなかったせいもある。

　僕が「ば、番号、ですカ？」と要領の得ない返事をすると、少女はちょっと困った顔になった。

「自分の識別番号は……覚えてない？　ほら、現場監督《かんとく》があなたを指して呼ぶときのナンバーよ」

　そう言って少女は腰《こし》に両手を当てて、ちょっとだけ小首をかしげた。大きなリボンで結《ゆ》わえた長い髪《かみ》が、胸の前で振り子のように揺《ゆ》れる。その姿はとても愛らしくて、真夏のヒマワリみたいに生命力と活気に満ちていた。

「えっと……僕は……、百八番、デス」

　何とか答える僕。無機質な電子音声は、いまだに自分のものとは思えない。

「百八番……じゃあ、かなり最近ね」少女は歩きながら自己紹介《しょうかい》をした。「私は三十八番、名前はリリス。よろしくね」

　リリス。僕は少女の名前を知る。僕の名前にちょっと似ているな、と思った。

「あ、止まらなくていいわ。動いてないと怒《おこ》られるから。……それで、あなたにちょっと訊《き》きたいのだけれど」

　そこでリリスは、僕のことを興味深そうにじっと覗《のぞ》き込んだ。

「ここ最近、なんで私ばっかりジロジロ見てるのかな？」

　すっかりバレていた。

　僕は何と答えてよいか分からず、とりあえず「申し訳ありまセン」とお詫《わ》びの言葉を述べる。

「あ、いやいや」リリスは軽く手を振《ふ》った。「別に謝れってわけじゃなくてね。なんで私を見てるのか、単純にその理由が気になるのよ。……まさか一目ぼれ？」

　リリスはフフッと微笑《ほほえ》むと、その大きな瞳《ひとみ》を優《やさ》しげに細めた。彼女の顔だちはだいぶ幼い。たぶん、十五歳《さい》に設定されていた以前の僕よりも低い年齢《ねんれい》だ。

「えっと……その……、お二人のことが、気になったんデス」

「お二人？」

「リリスさんと、十五番さんのことデス」

「十五番……ああ、ボルコフのこと？」

　ボルコフ。僕はそこで十五番の巨漢《きよかん》ロボットの名前を知る。

「なんで気になったの？」とリリスは質問を続ける。

　そこで僕は『胃』に着いたので、答える前に廃材《はいざい》を持ち上げる。リリスも同じように肩《かた》に廃材を担《かつ》ぐ。そして踵《きびす》を返して『腸』に向かう。

会話が再開される。

「お二人が、仲がよさそうだからデス」

「あら、そう見える？」

リリスはちょっと声のトーンが上がった。その顔は口元がほころび、なんだかうれしそうだった。


それから十五分後。

「……へえー。それで、私たちのことをずっとストーキングしていたわけだ？」

「いえ、ストーキングではないデス……」

僕たちは廃材を持ったまま『腸』に向かって歩いている。リリスと並んで歩き始めてからすでに三往復目だ。

「ボルコフさんとは、以前何度か隣《となり》になったこともあったんデス。でも、その……、無視されてしまって」

「ああ、それねー」リリスは肩《かた》をすくめる。「あの人、視覚も聴覚《ちょうかく》もずっと調子が悪いの。だから無視したんじゃなくて、気づかなかっただけだと思うわ」

リリスはさっきから、ボルコフのことを『あの人』と呼ぶ。それがなんだか長年連れ添《そ》った夫婦《ふうふ》みたいで不思議な印象を受ける。

「なるほど、そういうことでしたカ」

「だからね、あの人を呼ぶときはこうするのよ」

そこでリリスは、前を歩いているボルコフの腰《こし》のあたりを、トントン、と軽くノックした。

そして公衆トイレに入るときみたいにこう尋《たず》ねた。

「入ってますか？　入ってますか？」

するとボルコフは、くるりと振《ふ》り向き、「オー、入ってる、入ってる」と本当にトイレに入っているみたいな返事をした。

「ほらね」リリスは僕に太陽のような明るい笑顔《えがお》を向ける。「ボルコフと話したいときはこうやって腰のあたり――それもココ、このちょっと地金《じがね》が見えてる十センチ四方の区画をノックするのよ。そうしないといつまでも気づいてくれないんだから」

「ハア……、コツがいるんですネ」

「この人ね、元々軍事用のロボットとして造られたの。だからちょっと……戦場でいろいろあって、故障がちなのよ」

「リリスさんはボルコフさんのことに詳《くわ》しいんですネ」

「ストップ」

そこでリリスは、廃材《はいざい》を持っていないほうの手で僕を制した。

「そのリリス『さん』って言うの、できればやめてくれない？」

「エ？」

リリスは眉《まゆ》を少し上げて、幼さと聡明《そうめい》さを併《あわ》せ持った大きな瞳《ひとみ》を僕に向けた。

「もう友達なんだし、呼び捨てでいいわ。私はリリス・サンライト」

「サンライト……いい名前ですネ」

僕は素直《すなお》な感想を述べる。太陽みたいに明るい彼女にぴったりの名前だ。

「そ、そう？」リリスはちょっと嬉《うれ》しそうな顔をする。「……で、この人がボロコフ・ガロッシュ」

「違《ちが》う、ボルコフ・ガロッシュ」と巨漢《きょかん》は即座《そくざ》に振り向いて訂正《ていせい》した。

「あら聞こえたの」

「リリス、名前、間違えた」

「あなた、いっそ『ボロコフ』に改名しない？　そっちのほうが似合うわよ」

「ボロコフ、違う。ボルコフは、ボルコフ」

「まったく、あなたは本当に冗談《じょうだん》が通じない人ね……」

リリスはいたずらっぽくクスクス笑うと、僕のほうに振り向いた。

「そうだ、あなたも名前くらいあるんでしょ？　これだけ受け答えできるってことは、元はいとこの『出』なんだろうし」

僕は久しぶりに、その名前を口にした。

「僕はアイリス。……アイリス・レイン・アンヴレラ」

「アイリス……？　へえ、女の子みたいな名前ね」

「えっと、それは……」

そこで現場監督《かんとく》から怒声《どせい》が飛んだ。

「コラ、私語は禁止だ！　十五番、三十八番！　えっと……百八番！」

「申し訳ありませーん！」と大きな声で謝ったあと、リリスは僕を見てペロッと舌を出した。


【五十五日目】


それからの僕は、二人といっしょに行動することが日に日に多くなった。この現場に来て初めて見つけた友人だ。

あの『雨』は相変わらずやまない。モノクロの視界に、ザアザアというノイズ、無数の白い縦線。

「それでさー」

『胃』から『腸』に向かう途中《とちゅう》、雨の向こうではリリスが楽しげにしゃべっている。彼女はとてもおしゃべりだ。

「現場監督が、『やい十五番、ボーッと突《つ》っ立ってんな！』ってボルコフを蹴飛《けと》ばしたわけ」

「ハイ」と僕は相槌《あいづち》を打つ。

「で、あの人、なんて答えたと思う？」

「なんて答えたのでしょうカ」

「申し訳ありません。いま、座ります……だってさ！『突っ立ってんな』と言われたから座ったのよ？そしたら後ろにいた監督にあの巨体《きょたい》がのしかかってきたわけ」

「それは危険デス」

「そこで監督が出したギャアアッて叫《さけ》び声《ごえ》、ケッサクだったわ」

「それは傑作《けっさく》デス」

リリスが声を上げて笑う。そのお日様みたいな笑顔《えがお》を見ていると僕まで愉快《ゆかい》になってくる。

「そういえば、リリスはボルコフとどうやって知り合ったんですカ？」

「ああ、それね」リリスは形のよい眉《まゆ》を上げる。「大したことじゃないのよ。会ったのはここの現場で、かれこれ一年くらい前になるかな。私が来たときボルコフはすでに働いていて……それで、ちょっと似ていたの」

「似ていた……誰《だれ》にですカ？」

「昔の知り合い。ライトニングって名前のロボットで、私、一時はその人といっしょにジャンク屋で働いていたの。で、そのライトニングもやけに図体《ずうたい》が大きくて、おまけに鈍《にぶ》かったんだ」

このときリリスはちょっと遠い目をした。

「だから、かな。ボルコフを見て気になったの。……それで話しかけてみたら、なんとなく会話するようになって……」

そこで、ウーウーとサイレンが鳴った。これは昼食休憩《きゅうけい》の終わりを告げる合図だ。もっともそれは人間たちの昼食休憩で、僕たちロボットに休憩時間はない。あるのは夜の充電《じゅうでん》時間だけだ。

「じゃ、またあとでね」

リリスは僕から離《はな》れて、前のロボットたちの間をすいとすり抜《ぬ》けていく。その背中ではリボンで結ばれた長い髪《かみ》が振《ふ》り子のように元気よく弾《はず》む。

彼女の向かった先に視線を向けると、体ひとつ分くらい飛び抜けた大型ロボットがのしのしと歩いている。ボルコフだ。彼は今日も大きな足であちこちにトラップのごとき穴を量産している。そして、その大きな体に「入ってますか？」とノックする小柄《こがら》な少女。

僕は二人の親しいやりとりを見て、なんだか心がほんわかとする。こんなに温かい気持ちになったのは久しぶりだった。

僕は内心で二人に感謝した。自分のこの変わり果てた容姿のことも、まだ引きずってはいたけれど、以前よりはうじうじと悩《なや》まなくなった。あの二人は僕をありのままに受け入れてくれる。それが素直《すなお》に嬉《うれ》しかった。

僕に表情があれば、きっと微笑《びしょう》しているところだ。

○

その日も一日の労働が終わり、僕たちはいつものように倉庫に集められる。

ここでは識別番号順に並べるなんてことはしない。倉庫に僕たちを収納するのは、主に盗難《とうなん》防止と充電のためなので、座る場所などはどこでもいい。

その日は、リリスが僕の隣《となり》に座った。

「ねえ、アイリス」

「ハイ?」

リリスは小声で「今夜は、つきあってね」と言った。その唇《くちびる》は意味ありげに微笑《びしょう》をたたえている。

「エ?　つきあう?」

彼女の言葉の意味を訊《き》き返そうとしたときには、もう監視《かんし》員が近くまで来ていた。

充電ケーブルが差し込まれると、すぐにスイッチが切られる。目が覚めるのは翌朝だ。

と、思っていたが。

——……リス!

誰《だれ》かの声が聞こえる。

——ねえ、アイリス！

ザアザアといういつもの雨の中、僕は目を覚ます。

雨の向こうには見慣れた少女の顔。

「……リリス？」

「あ、やっと起きた。……あなた、起動にずいぶんと時間がかかるのね」

リリスは僕の体から充電《じゅうでん》ケーブルを引き抜《ぬ》き、パタンと胸部の蓋《ふた》を閉める。

そこで僕は、あたりがまだ暗いことに気がついた。いつもなら倉庫の窓から日の光が射し込んでいるはずだ。

「……アレ？　夜？」

「そう、まだ夜よ。午前二時くらい」

「午前二時……」

僕は倉庫内をきょろきょろと見回す。こんな時間に起きたのは初めてだった。

「アイリス、あなたを招待するわ」リリスがなんだか楽しげに微笑《ほほえ》む。

「……招待？」僕は首をかしげる。

すると、少女は軽《かろ》やかなステップを踏《ふ》んで一歩後ろに下がり、舞踏会《ぶとうかい》にでも誘《さそ》うように白い右手を僕に差し出した。

「ようこそ、真夜中の読書会へ」

夜の倉庫は不気味だった。

墓石のような充電パネルの前には、ずらりと並んだ同僚《どうりょう》ロボットたち。もちろん誰《だれ》も微動《びどう》だにしない。そんなロボット一台一台の上では、行く宛《あて》のない人魂《ひとだま》のごとく充電ランプが明滅《めいめつ》を続けている。僕とリリスは、百を超《こ》える人魂の合間《あいま》を縫《ぬ》うように進んだ。

人魂行列の一番最後には、見慣れた巨漢《きょかん》ロボットが座っていた。そのお尻《しり》には太いケーブルが尻尾《しっぽ》のように差してあり、充電中である証《あかし》に差込口《さしこみぐち》のランプがチカチカと点滅している。

「よいしょ！」

リリスはボルコフの充電ケーブルを両手で持ってはずした。それから彼の胸部の蓋を開け、内部に右手を突《つ》っ込んでごそごそといじる。

数秒後、ウインと低い音が倉庫に響《ひび》き、ボルコフの目に明かりが灯《とも》った。

「起きろポンコツ」

リリスはたまに口が悪い。

ボルコフは座ったままの姿勢で「ボルコフ、起動中、動けない」と答えた。

「しっ！　もっと小さい声でしゃべる！」

リリスがボリュームを抑《おさ》えた声で注意する。

ボルコフの起動を待つ間、僕は気になっていることを尋《たず》ねた。

「どうして、リリスは一人で起きられたんですカ？　スイッチを切られたのに……」

「ああ、それね」

リリスは自分の胸を誇《ほこ》らしげにちょんちょんと親指で触《さわ》った。

「私のバッテリーは充電《じゅうでん》起動タイプなの。つまり、充電が完了《かんりょう》したら自動でメインスイッチが入る仕組みなわけ」

僕はなるほどと思った。それなら人間にスイッチを押してもらわなくても自分で起きられる。でもすぐに別の疑問が湧《わ》く。

「だけど充電起動スイッチなんて、よく人間に没収《ぼっしゅう》されなかったですネ」

ロボットが夜な夜な倉庫内を歩き回っているようでは、わざわざスイッチを切った意味がない。

「なーに、簡単簡単。現場に長くいるとね、いろいろな工具や部品を運ぶ機会があるの。だから時々ちょろまかしてるわけ」

それから彼女は、この現場でたいていの日用品が手に入ることや（ただし汚《よご》れているか故障している）、書籍《しょせき》や音楽ディスク、はては録音機器のたぐいまで廃材《はいざい》から探し出したことを自《じ》慢《まん》げに話し始めた。『戦利品』を嬉々《きき》として紹介《しょうかい》する彼女に、悪びれた様子はまったくない。

僕はなかば感心、なかばあきれながら聞く。

「でも、ロボットには違法行為《いほうこうい》ができないはずですよネ？　どうしてリリスは物を盗《ぬす》んだりできたんですカ？」

「ああ、安全回路《セーフティ・サーキット》の違法行為禁止コードのことね。それなら大丈夫《だいじょうぶ》、だって私──おっと」

そこでボルコフがゆっくりと立ち上がった。その巨体《きょたい》がギシギシと音を立てて、倉庫内に長い影法師《かげぼうし》を伸《の》ばす。暗がりの中で鋭《するど》く光る両眼は迫力《はくりょく》満点だ。

「ま、細かいことはあとで話すわ。とりあえず移動しましょ」

リリスが倉庫の奥《おく》へと歩き出す。

「あの、こんな中途《ちゅうと》半端《はんぱ》な充電で大丈夫でしょうカ？」

「大丈夫大丈夫。二、三時間なら楽勝よ」

「ハア……」

僕はキャタピラを動かして彼女のあとに続く。ボルコフものしのしと後ろからついてくる。

倉庫の奥には廃材がうずたかく山となっており、キャタピラの残骸《ざんがい》や人間の手足のような物体がゴロゴロしていた。ロボットのパーツだろうか。ジャンク屋を二、三軒《けん》は開業できそうな分量だ。

そんな廃材の山を掻《か》き分けて先に進むと、少しばかり開けた場所に出た。そこだけ廃材が押しのけられ、三メートル四方くらいのスペースが出来ている。木製の小さな丸テーブルの下にはカーペットが敷《し》いてあり、ボロさを気にしなければ映画の撮影《さつえい》セットに見えなくもない。

僕たち三人は、テーブルを囲んで座った。

「倉庫内にこんなところが……」僕は少々驚《おどろ》きながらあたりを見回す。テーブルの四方を囲んだガラクタが、今にも雪崩《なだれ》を起こして襲《おそ》いかかってきそうだ。

「ところでアイリス」

リリスはテーブルの下を手で探《さぐ》ると、一冊《さつ》の分厚い本を取り出した。

「字は読める?」

リリスの取り出した本は児童文学だった。僕はタイトルを読み上げる。

「……三流魔神《まじん》ウェザー・ダーク」

「やった!」リリスが目を輝《かがや》かせて歓声《かんせい》を上げた。「あなた、字が読めるんだ! すごい! 万歳《ばんざい》!」

「イヤー、これくらいは……」

大げさに褒《ほ》められて、僕はちょっと照れくさくなる。本には『対象年齢《ねんれい》八歳《さい》から』と書かれており、特に難解な書物ではない。

表紙には真っ黒なコートに身を包んだ若い男性(けっこうな美男子だ)がキザな感じで壁《かべ》に寄りかかっており、その左手には白い指輪が光っている。僕もタイトルだけは聞いた覚えがあるので、わりと有名な作品かもしれない。

「私さ、今ちょっと文字が読めないんだよね。言語読解オプションが故障しちゃっててさ。ボルコフは一応読めるんだけど、小さい文字がほとんどダメなの。……だからこうやって」

そう言うとリリスは本を開き、ボルコフの顔に近づけた。まるで、本でボルコフの視界をふさぐような行為《こうい》だ。

するとボルコフは「魔」と発音した。リリスが本を動かすと、彼は「神」と発音し、それから同じ要領で「ウ」「ェ」「ザ」「ー」と続けた。

そこでリリスは本を閉じ、「こんなふうに一文字ずつしか読めなかったの。……おかげで、五十ページ読むのに三ヶ月もかかっちゃった」と肩《かた》をすくめた。

「ボルコフ、がんばった」巨漢《きよかん》ロボットは胸を張った。

「うんうん、がんばったねー」幼稚園《ようちえん》の先生のようにニコニコするリリス。

「ボルコフ、えらい」

「えらいえらい」

リリスは立ち上がり、子供をあやすようにボルコフの頭を撫《な》でる。ボルコフもなんだかうれしそうだ。この二人はいったいどういう関係なんだろう。

「で、どう?」

彼女は僕の顔を覗《のぞ》き込んだ。

「お礼はするからさ、ちょっとこれ、読んでくれないかな?」

「エエ、かまいませんが……」僕はリリスから本を受け取る。「どこから読めばよろしいですカ?」

「できれば最初からお願い。こんなに面白《おもしろ》い本、一気に読んじゃったらもったいないし。……あ、ボルコフはもう帰っていいわよ?」

リリスがちょっといじわるい声で言うと、ボルコフの目がピカッと光った。

「ボルコフも、続き、知りたい」

「あらそう」

「リリスだけ、ずるい」

「冗談《じょうだん》、冗談よ。……ホント、冗談が通じないんだから」

リリスはコロコロと笑う。ボルコフをからかうときの彼女は実に楽しそうだ。

「じゃあ、読みますネ」僕は本の最初のページを開く。「三流魔神《まじん》ウェザー・ダーク。シリーズ第一巻『魔力を使わない魔神』。……えー、序章」

こうして、三人だけの『真夜中の読書会』が始まったのである。

「『それで?』ダークは冷やかすような声で言いましタ。『世界を破滅《はめつ》させるのが魔神の仕事だと?』その質問に対し、指輪はためらった様子もなく、『左様《さよう》でございます、ダーク様』と答えましタ」

僕は本をゆっくりと朗読《ろうどく》する。

隣《となり》ではリリスが大きな瞳《ひとみ》を輝《かがや》かせ、テーブルから身を乗り出して聞いている。ボルコフは黙《だま》ったまま時々目をピカッと光らせる。二人ともこの本がかなり好きみたいだ。

三十ページほど読んで分かった『三流魔神ウェザー・ダーク』のあらすじはこうだ。

主人公のウェザー・ダークは魔神である。魔界の一部を支配する領主で、家はそれなりの名門なのだが、ダーク自身は魔神の仕事にあまり興味がない。魔力を使って他国を侵略《しんりゃく》することも人間界に災厄《さいやく》をもたらすこともなく、魔界の各地で集めたアイテムを修理してはまた使えるようにするのが彼のライフワークだ。

そんなダークに仕えるのが魔法の指輪『フラウ・スノウ』だ。彼女は初雪のように真っ白な美しい指輪で、その声は氷のごとく透《す》き通っている。しっかり者の彼女は、アイテム修理ばかりでちっとも魔神の仕事をしない主人をいつも叱《しか》りつけている。でもダークは仕事そっちのけで、今日もフラウの目を盗《ぬす》んで性懲《しょうこ》りもなく城を抜《ぬ》け出してしまい――。

「アイリス、続きは？　ダークはなんて言ったの？」

リリスが僕の腕《うで》をぐいぐいと引っ張り、先を促《うなが》す。ついさっき彼女がまだ読んでいない箇所《かしょ》に突入《とつにゅう》したらしく、それからは「早く早く」「続きは続きは？」と矢の催促《さいそく》だ。

「ハイ、では続きを。……『なあ、フラウ。俺は魔力が弱いんだ。だからちょっとくらい魔法のアイテムに頼《たよ》ってもいいじゃないか？』ダークはいつもの不真面目《ふまじめ》な調子でフラウ・スノウに言いましタ。すると彼女はムッとした口調で叱《しか》りマス。『お言葉ですが、ダーク様。あなたは魔力《まりょく》が弱いのではありません。ただ単に修行《しゅぎょう》を怠《おこた》っているだけです。ああ、嘆《なげ》かわしい。これでは亡《な》くなった先代様に顔向けできません』」

そんなやりとりがあった夜。ダークが寝床《ねどこ》につくと、拾ってきた魔法のアイテムはむくむくと奇怪《きかい》な化け物に姿を変える。そして化け物はダークの寝室《しんしつ》に忍《しの》び込み——。

「しっ！」

突然《とつぜん》、リリスが唇《くちびる》の前で人差し指を立てた。

「明かりを消して！」

すぐにボルコフが目から出していたライトを切る。僕も視覚装置の照明をオフにする。

「見回りよ」

リリスは唇に人差し指を当てたまま、倉庫の入り口に鋭《するど》い視線を向ける。

すると、倉庫内をぼんやりとした明かりが移動し出した。懐中電灯《かいちゅうでんとう》を持った警備員だろうか。サーチライトが寝静まったロボットたちの上を右に左に移動する。

大量のガラクタが周囲に積んであるため、入り口からは『ここ』が見えないはずだった。それでも僕は、こちらに光が当たるたびに緊張《きんちょう》で身を硬《かた》くした。

五分後。ガラクタの隙間《すきま》から様子をうかがっていたリリスが、「行ったようね……」とつぶやき、テーブルに戻《もど》ってきた。

僕はほっと胸を撫《な》で下ろす。ボルコフも「フー」と声を出した。

「よくバレなかったですネ」

「なーに、ちょろいちょろい」リリスが軽い調子で言った。「巡回《じゅんかい》なんてちらっと懐中電灯で照らして終わりだから。いちいち台数を点検したりしないし」

「もし見つかったらどうなるんでしょうカ」

「さあね……。さすがに、いきなりスクラップはないと思うけど。……ま、とりあえずこれは没収《ぼっしゅう》でしょうね」

　彼女は僕から本を取り上げ、テーブルの下に隠《かく》す。

「続きはいいんですカ？」

「すごーく気になるけど、今日はここまでにしましょ。ちゃんと最大値まで充電《じゅうでん》しとかないとあとで怪《あや》しまれるし」

　この日の読書会はそれで終わった。

　続きは明日の深夜二時、ダークが物音に気づいて目を覚ますところからだ。


【六十九日目】

　天も地も殺風景なモノクロの世界で、今日も僕は働き続ける。やまない雨と、終わりなき往復。

時々リリスが横に並び、ちょっとおしゃべりをしては去っていく。

今ではボルコフともだいぶ話すようになった。「入ってますカ?」と大きな体をノックすると、彼は振《ふ》り向いて「オー、入ってる、入ってる」と妙《みょう》な返事をする。

そして夜になればお待ちかねの『真夜中の読書会』が開かれる。僕が読み始めて二週間、『三流魔神《まじん》ウェザー・ダーク』は早くも六巻目に突入《とつにゅう》した。全部で八巻セットだからもう終盤《しゅうばん》だ。一巻から五巻までの展開を要約すると、『毎回魔神ダークがお城を抜《ぬ》け出して未知の魔法アイテムを持ち帰る』→『魔法の指輪フラウ・スノウに叱《しか》られる』→『そのアイテムが実はとんでもないシロモノで……』というパターンだ。どの巻も、とぼけた黒衣の魔神とマジメな白銀の指輪のやりとりが実にコミカルで、今ではリリスやボルコフだけでなく僕も物語の続きにすっかり夢中だ。

だけどこの第六巻では、今までのパターンとちょっと違《ちが》ってくる。ダークはフラウを置いてふらりと旅に出てしまい、連絡《れんらく》がないまま一ヶ月が過ぎてしまう。最初はカンカンだったフラウも、時が経《た》つにつれ心配になり、少しずつ自分の『本当の気持ち』に気づいていく。普段《ふだん》はダークのことを叱《しか》りつけていた彼女だったが、実は――という感じで二人の関係もちょっとした進展を見せる。

そんなふうに時は流れ、いつの間にかここに来て二ヶ月が経過していた。それは博士が亡《な》くなってから二ヶ月が過ぎたことを意味する。

そのことについては、深く考えないようにしている。

深夜二時すぎ。

夜の闇《やみ》が支配する倉庫内で、ロボットたちの充電《じゅうでん》ランプが蛍《ほたる》のごとく瞬《またた》く。倉庫は片隅《かたすみ》だけが朧月《おぼろづき》のようにほんのりと明るく、そこが僕たちのささやかなパーティ会場だ。

「ちょっと今のところ、もう一回読んでみて」

リリスが僕の肘《ひじ》をトントンと指で軽く触《ふ》れた。彼女は気になった箇所《かしょ》があるとすぐに再読を要求する。

「フラウは思いましタ。自分は今まで、本当にダークの役に立ってきたのだろうか、と」

「うーん」

リリスが腕《うで》を組んだまま首をひねる。何やら腑《ふ》に落ちない様子。

作中の話だが、魔法の指輪フラウ・スノウは最近ずっと悩《なや》んでいる。

先代から長らくダーク家に仕えてきた彼女は、自分が教育係として十分に役に立っていると自負してきた。対するダークのほうも、口では悪態をつきながらも、なんだかんだで最後はフラウの言うことを聞いてきたし、彼女が本気で困るようなことはしなかった。本を読んでいる僕も、ああ、二人の気持ちは深いところで通じ合っているのだな、と思っていた。

ところが今回、ダークはフラウを置いて出ていったきり、一ヶ月も手紙ひとつよこさない。

これは今までになかったことだ。一人ぼっちになったフラウは、急に不安になり、考え込んでしまう。今までダークを一人前の魔神《まじん》にしようと頑張《がんば》ってきたが、彼にとって自分は結局口うるさいだけの邪魔《じゃま》な存在だったのではないか、と。それゆえ彼女は、自分の『本当の気持ち』――ダークへの恋心も、きっと彼の迷惑《めいわく》になるに違《ちが》いないと思い込んでしまうのだ。

「……フラウ・スノウはさ」

リリスが静かに言った。

「なんというか、心配性なのよね。ダークとは今まで充分《じゅうぶん》すぎるほどいっしょの時間を過ごしてきたんだから、もっと自分に自信を持っていいのよ」

リリスは悩《なや》める指輪の立場を擁護《ようご》した。僕もそれは同感だ。

そこでボルコフが問う。

「でも、ダーク、戻《もど》ってこない。どうして？」

「それは、その……」

リリスが珍《めずら》しく口ごもる。最近のリリスはすっかりフラウ・スノウ派で、ことあるごとにフラウの肩《かた》を持っている。

僕はリリスほど心配していない。ダークは子供っぽくていい加減だけど、根は優《やさ》しくて誠実な人だ。だからきっと、今は戻れない訳があるんだ。

「アイリス、そろそろ続きをお願い」

リリスが僕の肘《ひじ》をちょんとつつく。「では、再開しますネ」と僕は本を持ち直す。

そのとき。

「アッ……」

僕の右手から生き物のように本が滑《すべ》り落ちた。

「あら大丈夫《だいじょうぶ》？」とリリスが本を拾ってくれる。

「すみまセン」

僕は謝りながら本を受け取る。最近は、例の『雨』がひどくなることが多く、距離《きょり》感を掴《つか》むのに苦労する。

「フラウは思いましタ。自分は今まで、本当にダークの役に立ってきたのだろうか、と。それから、こうも考えましタ」

雨の中で、僕は文字を追う。飛行機雲のように文字の上を白い線が飛び交《か》う。

「ダークの役に立てなくなったら、自分はどう生きていけばいいのだろウ」

そこで僕は本を閉じる。

「どうしたのアイリス？」

リリスが怪訝《けげん》そうに僕の顔を見る。

僕は感じたことをそのまま話す。

「今のセリフ、とても気になりませんカ？」

「え？　……どのへん？」

「ダークの役に立てなくなったら、という部分デス」

フラウ・スノウのセリフは、この現場に来てから僕がずっと考えてきたことだった。

――役に立てなくなったら、自分はどう生きていけばいいのだろう。

一日中、休みもなく働き続け、夜になればスイッチを切られ、朝になれば起こされる。それだけを繰《く》り返す日々。そんな毎日に、いったい何の意味があるのだろう。博士の役に立てなくなった僕に、何の存在価値があるのだろう。

その疑問が今、魔神《まじん》の役に立てなくなったフラウ・スノウの悩《なや》みと重なった。

だから僕はその疑問を口にした。

「あの、『生きる』って……どういうことでしょうカ？」

最初はリリスだった。

「はあ……生きる……」

彼女は困ったように首をかしげる。

「死んでなけりゃ……生きてるってことでしょ？」

「ああ、いいえ、そういう意味ではなくてですネ」

僕は質問を補足する。

「もっと言えば、そう……生き方。生き方デス。ロボットの僕たちにとって、『生きること』とか、『生き方』って、なんなんだろう、と思いまして」

「悪いけどあなたの言ってることがさっぱりだわ」

「えっと、ほら……フラウ・スノウは、魔神ダークのために生きてますよネ？　それが彼女の生き方デス。すると、僕たちの生き方は、いったい何なのでしょうカ？」

僕が必死に説明すると、リリスは「ああ……そういうこと」とやっと質問の趣旨《しゅし》を理解したようだった。

僕は興味津々《しんしん》で彼女の答えを待つ。

彼女はあっさりと言った。

「生き方がどうこうなんてのは、暇人《ひまじん》の考えよ」

「……ハイ？　暇人？」

「もっといえば恵《めぐ》まれたロボットの考えね。……私たちみたいな貧乏《びんぼう》ロボットは、生き方なんていらないの。バッテリーと部品交換《こうかん》を絶やさないようにして、スクラップになる日を遠ざける。それがすべてでしょ？」

彼女はドライな口調で言い切った。

「えっと、すみまセン。ということはつまり……」

「つまり、生きるってのは、『生き抜《ぬ》く』ってことよ」

彼女は強く断言する。その言葉には力があった。

そこでボルコフが「少し、違《ちが》うと、思う」とつぶやいた。

「ん？」リリスが眉尻《まゆじり》を片方だけ上げて、ボルコフに向き直る。「ちょいとあなた、このリリス・サンライトに文句でもおあり？」

リリスは楽しげにボルコフをからかう。

しかしボルコフはやっぱり冗談《じょうだん》が通じなかったらしく、「ボルコフ、文句、ある」と生真面目《きまじめ》に答えた。

「アイリスの、言いたいこと、違う」

彼は四角い目を僕に向ける。

「リリスの、言ってるのは、生きるか、死ぬか。……アイリスの、言いたいのは、何の、ための、生きるか」

それを聞いて僕は嬉《うれ》しくなった。僕の真意をボルコフが代弁してくれたからだ。

「そうデス、そうデス！　僕の言いたいことは、今、ボルコフが言ってくれたとおりデス！　生き方の問題は、『何のために生きるか』ということなのデス！」

僕は興奮して思わず声が大きくなる。

「ボルコフは、どう思いますカ？　生き方の問題。僕たちは何のために生きるのカ？」

僕が早口でまくし立てると、彼は少しだけ間を置いてから、淡々《たんたん》と答えた。

「ボルコフ、分からない」

そして珍《めずら》しく多弁になった。

「ボルコフ、戦争した。ボルコフ、いっぱい、殺した。……人間も、ロボットも、いっぱい、いっぱい、殺した」

僕はその言葉を聞いて身がすくむ。リリスは真剣《しんけん》な顔でボルコフをじっと見つめている。

「ボルコフ、殺し方、知ってる」

このとき彼の目が悲しげに光るのを、僕は見た。

「でも、生き方、知らない」

そう言うと彼は黙《だま》ってしまった。

倉庫内に静寂《せいじゃく》が訪《おとず》れる。

しばらくして、リリスが「……そうね」と静かに言った。

「いいのよ、分からなくっても。……私だって分からないわ」

ボルコフを見るリリスの目はとても優《やさ》しかった。彼女は時々、こんなふうにボルコフを見る。

「それに、生き方なんて難しい問題――」

彼女はちらりと倉庫の窓を見た。

「きっと人間たちだって分かってやしないわよ」

【七十三日目】

色の失われた灰色の世界で、今日も僕は現場を往復する。胃袋《いぶくろ》に溜《た》まった廃材《はいざい》は少しずつ腸へと運ばれ消化されていく。

雨はひどくなるばかりだった。特に右側《がわ》の視界がひどく、周囲の景色がすべて縦じまに見える。ザアザアという雨音もあいかわらずで、他人の声もかなり聞き取りづらくなった。それでも現場監督《かんとく》の怒鳴《どな》り声は嫌《いや》でも耳に入ってくるから問題はないけれど。

気にかかることはもう一つ。

——カラン。

僕が廃材を担《かつ》ぐと、また、あの音がした。

——カラン、コロン。

僕の頭部の中で、その音は聞こえる。頭の内壁《ないへき》に、何か小石のようなものがぶつかる音だ。

この音は、僕が今の体に生まれ変わったばかりのころ、やけになって鏡に頭を打ちつけたせいで聞こえるようになったものだ。しばらくはなりをひそめていたが、また最近、何の拍子《ひょうし》か聞こえるようになった。首を動かすたびに乾《かわ》いた音が鳴る。

この音はいったい何なのか——最近は動くたびにそのことが気になる。

もっとも、これは『雨』に比べれば特に何が困るわけでもない。ただ、カラコロと音が鳴るだけである。たぶん内部のボルトかナットが外れて転げ回っているのだろう。

僕はカラコロと前に進む。歩くと音が出る幼児向け玩具《おもちゃ》に僕みたいなのがあったような気もするけど、記憶《きおく》は確かではない。


そしてまた一日が終わり、読書会の時間となる。

「フラウ・スノウは、魔神《まじん》の居城《きよじょう》をあとにしましタ。とても静かな夜でしタ。……つづく」

僕は『三流魔神ウェザー・ダーク』の第六巻を読み終える。これで、残すところあと二巻だ。

あのあと、行方《ゆくえ》不明のダークは三ヶ月後にひょっこり帰ってきた。だが、どこに出かけていたのか問いただすフラウに対して、彼は何も説明しなかった。フラウは彼が戻《もど》ってきたことに安堵《あんど》する一方で、何も話してくれないダークにショックを受ける。それで彼女はこの第六巻の最後に『家出』をしてしまうのだ。自分はダークにとって必要のない存在だと思い込んで。

「むうう－」

リリスがいかにも我慢《がまん》ならないといった様子でうなり声を上げた。それから「失格よ！」と叫《さけ》んだ。

「ハイ？」と僕は本から顔を上げる。

「フラウがこんなに悩《なや》んでるのに！　何も説明しないなんてダークはご主人失格よ！」

なんだか鼻息荒《あら》く抗議《こうぎ》するリリス。彼女がこんなに興奮するのは珍《めずら》しい。

「最近のダークはちょっとおかしいわ。きっと新しいアイテムに夢中で足元が見えてないのね」

リリスが同意を求めて僕を見る。

僕はダークを信じているので、そうは思わない。ちょっとだけ反論する。

「そんなことないデス。ほら、ここに書いてありマス」僕は本をパラパラとめくる。「魔神はちらりとこの白い指輪のほうを見ましタ。でも彼は、何も言おうとしませんでしタ——これ、ダークがフラウの悩みに気づいている証拠《しょうこ》デス」

「だったら、何か言ってあげればいいと思うけど」リリスがまだ納得《なっとく》してない様子で唇《くちびる》をとがらせる。

「それは気を遣《つか》ってるんですヨ。フラウの気持ちやプライドを尊重して、今はそっと見守っているのデス」

「うーん……私はそうは思えないけどなあ……」

最近のリリスはどうもフラウに肩入《かたい》れしすぎている。基本的にダークのことを信じている僕とは、そこがちょっと違《ちが》う。

ボルコフは黙《だま》っている。静かにリリスを見つめ、何も言わない。

第七巻はさらに荒《あ》れた。

なんと……！

これには僕も驚《おどろ》いた。

ダークはフラウ・スノウが家出したあと、彼女を探すどころか、魔法《まほう》で新しい指輪を作ってしまったのである！

「ダークは満足げに今作り出した指輪を空にかざしましタ。広大な銀世界を一点に凝縮《ぎょうしゅく》したような、すばらしい出来映《できば》えの真っ白な指輪デス」

「もう、もうもうもうっ！」

リリスが牛みたいにもうもう言って激高した。

「バ、バ、バッカじゃないのっ⁉　ダークはなんでフラウを探さないの⁉　新しい指輪を作るとか、悪魔！　人でなし！」

「ぼ、ぼ、僕に言わわわれてモモモッ！」

リリスは僕の首根っこを掴《つか》んでブンブン揺《ゆ》らす。頭の中ではカラコロと例の音がする。

「ダークには、きっと何か考えガガガッ！」

と、僕も反論はしたものの、今回ばかりはダークの考えが分からない。

なぜ、ダークはこんなときに新しい指輪を作ったのだろう。元々、壊《こわ》れたアイテムを修理するのが彼のライフワークだけど、今回は修理じゃなくて一から作ったわけだし。それに今はフラウを探すのが先だし……。

リリスは不機嫌《ふきげん》そうな顔を隠《かく》さず、それでも「続き、続きは！」と僕を急《せ》き立てる。

僕も続きが気になる。先を読む。

「そのころ、家出したフラウ・スノウは、魔神の、居城《きょじょう》から……ほど近い、魔界……の――」

そこで僕の声は途切《とぎ》れた。「……アイリス？」「ム？」と二人が不審《ふしん》げな声を出す。

――まずい。

雨がひどい。交通量の多い道路のように、白い線が文字の上を行ったり来たりする。たいへんな大渋滞《だいじゆうたい》だ。

落ち着いて瞳孔《どうこう》装置のピントを調節してみる。しかし焦点《しようてん》が合わないのではなく、視界がそもそも欠けているのだから見えるようになるはずもない。

「ちょっとアイリス、どうしたの？」リリスが指先で、僕の腕《うで》を軽くつつく。

「いえ……なんでもないデス」

僕は再び本に焦点を合わせる。

しめた。交通量が少し減っている。

「そのころ、家出したフラウ・スノウは、魔神の居城からほど近い、魔界の川のほとりにいましタ。いつもなら家でダークの話し相手をしている時間デス……」

雨はザアザアと降り続ける。

古い映画のように、モノクロの視界が幾重《いくえ》にもヒビ割れていく。

雨のことは、誰《だれ》にも話していない。

リリスにも言わない。ボルコフにも言わない。

僕はこのささやかな読書会が好きだ。

目を輝《かがや》かして、本の続きを催促《さいそく》するリリスが好きだ。

黙《だま》ったまま、続きを神妙《しんみょう》な顔で聴《き》いているボルコフが好きだ。

こんなふうに、優《やさ》しく、静かに流れる時間が、切ないほどに愛《いと》おしい。

「一人ぼっちのフラウは、寂《さび》しくて泣きたくなりましタ。思い出すのはダークのことばかりデス……」

雨に打たれながら、僕は本を読み続ける。

この雨は、もうやむことはないだろう。

そして僕は、近いうちに光を失うだろう。

でも神様、お願いです。一生のお願いです。

あとほんの少しでいいんです。

どうか、この優しい読書会が終わりを告げるそのときまで、僕から光を奪《うば》わないでください。

【七十八日目】

いつもと同じ雨の日。決してやむことのない雨の日。

今日も僕は廃材《はいざい》を運んでいる。

廃材置き場『胃』の向こうに広がる、海岸線の一帯では、当初のころよりだいぶ瓦礫《がれき》の山が低くなってきた。それはこの解体工事が終了《しゅうりょう》間近であることを示していた。

例のカランコロンという金属音は、覚えたてのダンスのような不規則さで、あいかわらず僕の頭の舞台《ぶたい》でステップを続けている。

いっそ頭をこじ開けて取り出してみようか、と思ったこともあったが、この太い腕《うで》では細かい作業に不安が残る。開けたはいいが、閉まらなくなっても嫌《いや》だし。

そんなことを考えながら、単調な労働を続けていた僕は、その日の昼ごろに珍《めずら》しいものを見た。

現場監督《かんとく》が謝っているシーンである。

監視台の上で、いつもは偉《えら》そうな現場監督がぺこぺことお辞儀《じぎ》をして、愛想笑《あいそわら》いを浮かべていた。よく見ると、監督の隣《となり》には背広を着た恰幅《かっぷく》のいい中年男性がいて、あれこれと何か指図《さしず》をしている。

——お偉《えら》いさんかな。ひょっとすると、ここの社長さんか。

僕は廃材《はいざい》を運びながら、ちらちらとその様子をうかがう。その男性は監視台《かんし》の上から僕たちに向かって何度か指を差すような仕草をした。そのたびに現場監督《かんとく》は急いでメモを取る。いったい何の話をしているのだろうか。

視線を正面に戻《もど》すと、ボルコフの大きな背中が目に留まる。その隣《となり》にいるのはリリスだ。

僕はキャタピラを速める。追いついたら、ちょっと訊《き》いてみよう。

カラコロと金属音を頭の中で踊《おど》らせながら、僕は雨の中を進む。

◯

「なんかおかしくない？」

そう言ったのはリリスだった。

深夜二時、いつもの倉庫、古びた木製の丸テーブル。読書会を始める前のことだ。

「何がおかしいのですカ？」

「ほら、アイリスも見たでしょ？　あの太った男」

廃材から拾ってきたのか、小型のテープレコーダーを手慰《てなぐさ》みにカチカチといじりながらリリスが僕を見る。整った美しい顔だちが今は不満げに眉根《まゆね》を寄せている。

「あ、監督と話してた背広の人ですか？」

「そうそう。あれって、前も来てた『本社』の人よね？」

「本社……？　どこの本社ですか？」

「ここの会社のよ。監視員の制服に赤いロゴマークがあるでしょ。……なんて書いてあるかは読めないけど」

「赤いロゴマーク……」

僕には色が識別できないので、いまいちピンとこない。

「乗ってきた自動車にも同じマークがあったし、きっとオーヴァルにある本社から来たのよ」

僕は『オーヴァル』という言葉にドキリとする。それは、僕と博士が住んでいた街だった。

「オーヴァル……ここから、近いんですか？」

「え？　オーヴァル市のこと？」

僕がうなずくと、リリスは「お隣《となり》さんよ。自動車なら十五分もかからないんじゃない？」と答えた。

「十五分……」

その答えに僕は息を飲む。自動車ならたった十五分。この現場に来てからというもの、どこか遠い異国の地にいるような気分になっていた僕にとって、その距離《きょり》はあまりにも近かった。

「それでさ」リリスが話を元《もど》に戻す。「今日ね、変なことを聞いたのよ。本社のお偉いさんが帰ったあと、現場監督《かんとく》の会話で」

そこでリリスは声をひそめた。もっとも、そんなことをしなくても倉庫内は電源の落ちたロボットしかいない。

「この工事が終わったら、こいつらもお払《はら》い箱《ばこ》か、って」

「……？　どういう意味ですカ？」

「だーかーら、お払い箱よ、お払い箱！　今の解体工事が終わったら、私たちスクラップって意味よ！」

「ウッ……！」

僕は思わずうめく。スクラップと聞いて『あの日』のことを思い出す。四肢《しし》をもがれたあの日。二度と、あんな思いはしたくない。

「……あなたはどう思う？」

リリスが珍《めずら》しくボルコフに意見を求めると、彼は即答《そくとう》した。

「ロボット、人間に、従う」

「まったく……」リリスは不満げな顔でボルコフの腕《うで》をトントンとつつく。「ちゃんと考えてる？　このままじゃスクラップよ？」

「ロボット、人間に、従う」ボルコフは同じ答えを繰《く》り返した。

「いいわ、あなたに訊《き》いた私がバカだった」

リリスは背後にあるガラクタに寄りかかる。

「私はそんなの絶対ごめんだわ」

「でも」僕はリリスを見る。「僕たちにはどうしようもないデス」

「逃《に》げればいいじゃない」

「だけど強制命令コードがありマス」

「そんなの大丈夫《だいじょうぶ》よ。だって私、とっくに解除してるから」

「……へ？」

僕は驚《おどろ》いた。ロボットには安全回路《セーフティ・サーキット》があり、強制命令コードはその中でも最重要の部分だ。人間には絶対逆らえない、解除禁止のプログラム。

「私ね、安全回路が壊《こわ》れているのよ。四つ前の現場だったかな？　重機の下敷《したじ》きになった拍子《ひょうし》にね。だけど働かないと充電《じゅうでん》してもらえないから、こうやってずっと人間に従っているふりをしてきたの」

「うそ……じゃあ、ボルコフもですカ？」

僕は彼を見る。彼はいつもの低い声で「違《ちが》う」と答えた。

「ボルコフ、安全回路、そのまま」

「この人は軍事用だから」

リリスがボルコフを見て言った。

「安全回路《セーフティ・サーキット》が普通《ふつう》じゃないのよ。前にこの人の安全回路をはずそうとしたんだけど、私の手には負えなかったわ。……途中《とちゅう》まではうまくいったのに、なんか変な黒い装置が邪魔《じゃま》して……」

ボルコフは胸を張って「ボルコフ、安全」と言った。リリスが「はいはい、安全ですね」と気のない返事をする。

「だけど今度ばかりは、そう悠長《ゆうちょう》なことを言ってられないのよ」

リリスはボルコフをじっと見た。

「あなた、本当にスクラップでもいいの？」

「ロボット、人間に、従う」

「はあ……」

リリスはため息をつく。その顔は本当に困っているように見えた。普段はあまり態度に見せないが、彼女はボルコフのことをかなり気遣《きづか》っている。

「……まあいいわ。それよりアイリス、あなたの安全回路は今のうちに解除するから。いざというときに『緊急《きんきゅう》停止ボタン』を押されても逃《に》げられるように」

緊急停止ボタンとは、現場のロボットを一斉《いっせい》に停止させる非常用ボタンのことだ。現場監督《かんとく》が腰《こし》にぶら下げているのを僕も見たことがある。

「解除？　そんなことができるんですカ？」

「できるわよ。私、前の現場じゃ同僚《どうりょう》の応急修理だってしてたんだから。……見よう見まねだけど」

リリスはテーブルの下からドン、と工具箱を出した。もちろん、これも現場からの『戦利品』だ。

「動かないでね。特に精神回路《マインド・サーキット》はデリケートだから」彼女は僕の背後に回り込み、ドライバーを近づける。

「ほ、本当に大丈夫ですか？」

「大丈夫大丈夫《だいじょうぶ》！……たぶん」

さっそく脳天のあたりでキュルキュルと音がして、リリスが僕の頭のネジをはずし始める。テーブルの上のプラスチックケースに、一つ、また一つと小さなネジが置かれていく。

やがて、ガチャリと音がして僕の頭部が開いた。

「ふーん、第三工場の処分品か。……なるほどね」

リリスはウンウンと一人で納得《なっとく》している。

「何か分かったんですか？」

「あなたがこの現場に来るまでのルートが分かったのよ。いつものジャンク屋ね」

「ジャンク屋？」

「ほら、ロボットって新品で買うと高いじゃない？　だから、手とか脚《あし》とかの中古パーツを掻《か》き集めて『自作』するジャンク屋が増えてるのよ」

それは僕も聞いたことがある。中古品を寄せ集めて造った、違法《いほう》改造ロボットの話——たとえば僕のような。

「きっとあなた、現場監督《かんとく》がオーヴァル市内のジャンク屋から安く買い叩《たた》いてきたクチよ。元をたどれば、ロボット管理局の払《はら》い下げかなんかじゃない？」

たぶん当たっている、と僕は思った。それなら僕がスクラップになってからこの現場に流れ着いてきた経緯《けいい》を説明できる。

「うっそ……」そのとき、リリスが変な声を出した。

「どうしましタ？」

「すごい、こんな小型の精神回路《マインド・サーキット》、初めて見たわ……！」

リリスは僕の内部を見て、驚《おどろ》きの声を連発する。「すごい、安全回路《セーフティ・サーキット》もこんなに小さい！しかもオリジナル仕様ってどういうこと!?」と興奮気味だ。僕はなんだか恥《は》ずかしい。

リリスは少し真剣《しんけん》な表情になって、横から僕の顔を覗《のぞ》き込む。彼女の長い髪《かみ》がふわりと僕の肩《かた》に乗る。

「あなた、何者？」

「……ハイ？」僕は首をかしげる。

「ボディはどのパーツも旧型なのに、精神回路はものすごいハイスペックじゃない。これってどういうこと？」

「それは……」

僕の中で、影《かげ》がよぎる。思い出したくない過去。心の奥底に閉じ込めてきた悲しい記憶《きおく》。

「あ、なにこれ？」そこでリリスはまた驚いた声を出した。

「今度はどうしましタ？」

「なんか、精神回路のところに鎖《くさり》みたいのが引っ掛《か》かってるの」

「鎖？」

僕はふと、あることに思い当たる。最近、頭の中でカラコロと鳴っていた『あの音』のことだ。

「ちょっと待ってて……」

リリスは工具箱から針金を取り出し、それをくにゃりと曲げて鉤《かぎ》状にした。釣《つ》り針《ばり》のような形だ。

「いま、取り出してみるから」

しばらくすると、カチャリと音がして、彼女の「よーし」という声が聞こえた。どうやら釣り針は獲物《えもの》を引っ掛けたみたいだ。

「なにこれ……ペンダント？」針金を持ち上げたリリスが不思議そうにつぶやく。

「エ？」

僕が振《ふ》り向くと、リリスは「ほら」と取り出したものをテーブルの上に置いた。

それはペンダントのように鎖《くさり》がついていて、灰色で、楕円形《だえん》をしていた。

いや、灰色ではなく、本当は銀色に光る――

シガレットケース。

「ア……」

僕はゆっくりと、右腕《うで》を伸《の》ばし、そのシガレットケースを手に取る。

黒い機械油で汚《よご》れたケースには、乾《かわ》いた血痕《けっこん》が生々しくついたままだった。

震《ふる》える手でケースを開けると、見覚えのある8の字型のシガレットがテーブルの上を転がり、乗り手を失った自転車のごとく、ぱたりと静かに倒《たお》れた。

「アア……」

そしてケースの蓋《ふた》には『あの写真』が貼《は》ってあった。

映画の看板を背にして、麦藁帽子《むぎわらぼうし》をかぶり、フリルつきのワンピースを着ている少女。その隣《となり》には、背が高くて、ワイシャツとジーンズが似合っていて、いたずらっぽく微笑《ほほえ》んでいる――。

「ハカ……セ……」

ケースを持った僕の右腕がガクガクと震え出す。その震えはすぐに全身に伝播《でんぱ》する。ずっと抑《おさ》えてきた気持ちが、我慢《がまん》してきた痛みが、愛《いと》しい想《おも》いが、深い絶望が、心の奥底の牢獄《ろうごく》をぶち破り、僕の外へと大挙してあふれ出す。写真の中の博士が僕に向かって腕を伸《の》ばし、過去の幸せな時間へと連れ戻《もど》す。「ただいま、アイリス。今日もいい子にしてた？」僕の髪《かみ》を優《やさ》しく、でもちょっとだけ乱暴に撫《な》でる博士。「うん、やっぱりおいしい。アイリスは本当に料理が上手ね」褒《ほ》めてくれる博士。「おやアイリスさん、何かご意見がおあり？」いじわるな博士。「あの、アイリス君？」ちょっと困った顔の博士。「おやすみ、アイリス」優しい博士。でも死んでしまった博士。もう二度と会えない博士。博士、博士、ああ、博士博士博士博士博士博士博士博士博

「ウ、ア……ウアアアアアアア――ッ!!」

僕は慟哭《どうこく》する。テーブルに突《つ》っ伏《ぷ》して、自分でも恐《おそ》ろしいくらい激しく痙攣《けいれん》しながら、絶望的な叫《さけ》び声《ごえ》を上げる。楽しかった思い出も、優しかった記憶《きおく》も、すべてがガラスのように砕《くだ》け散り、僕の中の柔《やわ》らかい部分に次々と突《つ》き刺《さ》さる。心から感情があふれ出し、それは波となって僕を溺《おぼ》れさせる。

「アイリス！」そのとき、リリスが鋭《するど》く叫んで僕の背中に飛びついた。そして痙攣を続ける僕を両腕で強く抱《だ》きしめた。

「大丈夫《だいじょうぶ》、大丈夫だから……！」

「ア、アア――」

僕はリリスの腕を掴《つか》み、ただ、耐《た》えた。痛苦と哀《かな》しみの海に溺れながら、必死に時が過ぎ去るのを待った。

「大丈夫《だいじょうぶ》……、大丈夫だよアイリス……」

泣き出した子供をあやす母親みたいに、リリスはずっと僕を励《はげ》まし続けてくれた。背中越《ご》しに感じる彼女の体はとても柔《やわ》らかくて、温かくて、昔、博士がこうやって僕を抱《だ》きしめてくれたことを思い出す。

少しずつ、少しずつ震《ふる》えは収まっていく。

時間が経《た》った。

僕の痙攣《けいれん》はだいぶ収まり、手がいくらか震えるだけとなった。

リリスは黙《だま》ったまま心配そうに僕の手を握《にぎ》っている。ボルコフは静かにその様子を見守っている。

「……落ち着いた？」

リリスが優《やさ》しい声で尋《たず》ねる。僕は「ハイ……」と力なく答える。

それから彼女は、シガレットケースと僕を交互《こうご》に見てから、ためらいがちに「これ……あなたの？」と訊《き》いた。

僕はこくりとうなずく。それから顔を上げて二人を見る。

リリスの大きな瞳《ひとみ》が、とても心配そうに僕の姿を映している。

ボルコフの四角い目が、穏《おだ》やかな光をたたえて僕の言葉を待っている。

——そう、この二人には。

僕は真実を話そうと決めた。二人には話してもいい——むしろ知っておいてほしいと思った。

だから僕は、堰《せき》を切ったように自分のことを話し始めた。高名なアンヴレラ博士に造られたこと。博士が突然《とつぜん》の事故で亡《な》くなったこと。絶望のあまり自殺を図《はか》ったこと。でも死にきれなかったこと。ロボット管理局の役人が来たこと。そしてスクラップになり、気がついたらこの現場にいたこと。

右手の指先で「こっちが博士で……これが僕」と写真を示したときは、リリスの息を飲む音が聞こえた。ボルコフもわずかに体をこわばらせた。

ほんの十分くらいだっただろうか。僕が一通り話し終えると、倉庫はまた静かになった。

テーブルのシガレットケースでは、あいかわらず僕と博士が笑っていた。博士はいたずらっぽく、僕はちょっと引きつった顔で。

「そう……」リリスがケースの写真を見ながらつぶやいた。「変だと思ってたんだ。アイリスって、女の子みたいな名前だから……」

それから彼女は、何度か瞬《まばた》きをしたあと、意を決したように顔を上げた。

「実は、私もさ」

彼女はまっすぐに僕を見つめた。

「昔、人間の家にいたんだ」

それから彼女は自分の身の上を話してくれた。

リリスは五年ほど前、『サンライト家』という名家に、オーダーメイドのロボットとして購入《こうにゅう》された。サンライト家は子供に恵《めぐ》まれなかったので、その代わりに子供型のロボットを育てようという理由だった。

最初のうちは何不自由なく暮らし、『両親』から惜《お》しみない愛情を受けて、リリスは幸せだったという。服を買ってもらったり、いっしょに遊びに行ったり、まるで実の娘《むすめ》のようにかわいがられた。彼女が豊かな表情を持っているのも、それだけ両親によってお金をかけられた証《あかし》だった。

事情が変わったのは家に来て二年後だった。両親の間に子供が生まれた。リリスは当初、自分の妹が出来たと喜んでいたが、ことはそれだけではすまなかった。

両親は、リリスを捨てた。

それは拍子《ひょうし》抜《ぬ》けするほどあっさりしたもので、ある日、前触《まえぶ》れなくロボット回収業者が来て、彼女を拉致《らち》同然で引き取っていった。両親は見送りすらしなかった。

それから彼女は『中古品』として再販売された。最初は飲食店など接客業の店で働き、その後は建築会社を転々として、今の現場に至る。見た目は華奢《きゃしゃ》だが、パワーや積載《せきさい》重量が大きいので、今まで何とかしのいでこられたそうだ。

それはとても悲しい過去であるにもかかわらず、彼女はまるで他人事《ひとごと》みたいな口調で淡々《たんたん》と説明した。そして最後に、ボルコフ以外にこのことを話したのは、僕が初めてだと言った。

「この人も、いっしょなんだ」

話を終えると、リリスはボルコフのほうに向き直り、「アイリスに、話してもいい？」と尋《たず》ねた。ボルコフは黙《だま》ってうなずく。

「ボルコフのフルネーム、覚えてる？」

「ボルコフ・ガロッシュ、ですよネ」

リリスはうなずく。そして「正確にはボルコフ・ガロッシュ・ウロボロスって名前なの」と続けた。

「ウロボロス？」

「そう、ウロボロス。元は神話に出てくる蛇《へび》の名前らしいけど。……それでね、ボルコフは軍にいたころ、ウロボロスって名前の部隊にいたの」

僕の脳裏に「ボルコフ、殺し方、知ってる」というセリフが蘇《よみがえ》る。

「そのウロボロス部隊は、ロボットだけの、キコー……えっと、なんだっけ？」

リリスがボルコフに視線を向けると、彼は短く「機甲兵団《きこうへいだん》」と答えた。

「そう、そのキコーヘイダンにいて、あちこちの戦場に派遣《はけん》されたの。でもね、二十八番目の戦場で、急に帰国命令が出た」

「どうしてですカ？」

「最新型のロボット兵器が開発されたからよ。だからそれと入れ替《か》わりに、ボルコフたち『旧型』は必要なくなったの」

そういえば、昔見たニュースでそんな話があった気もする。

「でも、軍事用ロボットがなぜ工事現場にいるんですカ？」

「一応ここも軍の関連企業らしいよ。もっとも、下請《したう》けのさらに下請けみたいなところだから、相当ブラックな会社みたいだけど。……それにね、あんまり知られてないけど、軍のロボット管理ってものすごくズサンなのよ」

「ズサン？」

「ボルコフ以外にもけっこう出回ってるんだから、元軍事用ロボットって。戦線縮小であぶれたり、古くなった機種が大量に横流しされたり」

「そうだったんですカ……」

「薄情《はくじょう》なものよね。勝手に造っておいて、いらなくなったらポイなんてさ」

リリスは肩《かた》をすくめて言った。僕は返す言葉が見つからない。

それから彼女はシガレットケースを持ち上げ、写真をしげしげと眺《なが》めながら言った。

「こう言っちゃなんだけどね……、あなたはまだ、マシなほうなのよ」

「マシ？」

「だってこの博士は、最後まであなたを大事にしてくれたんでしょう？」

「でもそれは……」

博士が亡《な》くなった今、そんなことを言われても——と言い返そうとして、僕は口をつぐんだ。

リリスは両親に捨てられている。ボルコフは軍隊に捨てられている。

僕は博士に——捨てられたわけじゃない。

「そうよ、マシよ、マシ」リリスはじっと写真を見つめ、儚《はかな》げにつぶやいた。「最後まで、愛してもらえたんだから……」

僕はこのとき、やっと分かった。あのときリリスがどうして、魔法《まほう》の指輪フラウ・スノウをあんなにかばったのか。

新しい指輪が来て、居場所を失った古い指輪。

あの指輪は、リリスであり、ボルコフだったのだ。


【八十三日目】


その日は、いつもと同じように始まった。

朝、監視員《かんし》によって叩《たた》き起こされる。倉庫から蟻《あり》の行列のようにぞろぞろと這《は》い出た僕たちは、代わり映《ば》えのしない単純作業に従事する。

事件が起きたのは昼下がりだった。昼食休憩終了《きゅうけいしゅうりょう》のサイレンが鳴り響《ひび》き、僕とリリスがそろそろおしゃべりをやめようとしたころ。

「アイリス」

ふいに、リリスの視線が鋭《するど》くなった。

「何ですカ?」

「あれを見て」

切れ長の瞳《ひとみ》で、彼女は目配せをする。

——あ……。

リリスの視線の先には監視台《かんし》があり、そこには『あの男』が立っていた。以前、現場監督《かんとく》に指図《さしず》をしていた『本社のお偉《えら》いさん』だ。その手には携帯《けいたい》電話が握《にぎ》られている。

「いったい何を話しているんでしょうカ?」

「さあね……」

男が通話を終えた直後だった。

現場にけたたましい排気《はいき》音が響いた。見ると、いつもの廃材搬出《はいざいはんしゅつ》用トラックよりもさらに一回り大きな車が、現場の斜面《しゃめん》の手前、『腸』のあたりで停《と》まった。その真っ黒な車体は異様な雰囲気《ふんいき》を醸《かも》し出しており、頑丈《がんじょう》そうなボディは警察の装甲車《そうこうしゃ》を思わせる。

「作業中止！」

現場監督の怒声《どせい》が飛ぶと、百台強のロボットたちは一斉《いっせい》に動きを止めた。

「今から呼ぶ者は『腸』の前に至急集合だ！　二番、六番、七番、九番……」

現場監督はまるで合格発表みたいな飛び飛びの番号を読み上げ始める。

「十三番、十六番、十七番……」

十五番であるボルコフの番号が飛ぶ。

「何が始まったんですカ……？」

僕がリリスを見ると、彼女は首を振《ふ》った。そしてリリスの『三十八番』も飛んだ。

僕は落ち着かない気持ちのまま、この唐突《とうとつ》な合格発表を見守る。「九十六番、百二番、百五番、百十一番……」と僕の番号『百八番』も飛ばされる。それが何を意味するのかはまだ分からない。

「百十五番、百十八番。……以上だ！　呼ばれた者はすぐに集合だ！　グズグズするなよ！」

番号を呼ばれたロボットは全部で四十一台。この現場にいるロボットのおよそ三割に当たる。

五分もすると、さっきの大型車両の前にずらりと四十一台が整列した。まるで人気店に並ぶお客さんの行列のように。

「よし、始めろ！」

現場監督が叫《さけ》ぶと、黒い大型車両は、ゆっくりと荷台の扉《とびら》を開き始めた。扉が持ち上がると、内部にはゴウンゴウンと音を立てて回転する巨大《きょだい》な『ローラー』が見えた。僕はそれを見て街を巡回《じゅんかい》するゴミ収集車を思い出す。ただ、今動いている車はその何倍も大きい。

最初は二番が呼ばれた。四足歩行型のロボットが、闊歩《かっぽ》する馬のようにリズミカルに体を上下動させて監督の前に出ていく。

「この中に入るんだ」

現場監督はそう言って、親指でぐいっと背後の車両を差した。そこにはうなり声を上げて回転を続ける金属の顎《あご》が待ち構えている。二番は、一瞬《いっしゅん》何のことか分からなかったらしく、黙《だま》ったまま監督を見上げた。

「さっさとしろ！　これは命令だ！」

その怒声《どせい》に、ビクンと二番の体が雷《かみなり》に打たれたように硬直《こうちょく》する。そして、二番の四本の脚《あし》は、ぎこちない動作で、一歩、また一歩とローラーへ近づいていった。

「……嘘《うそ》」

僕が声を漏《も》らしたとき、二番は回転を続けるローラーの中に最初の一歩を踏《ふ》み入れていた。

その途端《とたん》。

ギャリッ、と金属の擦《こす》れる音がしたかと思うと、二番の『前脚』がローラーの刃《は》に挟《はさ》まれて、ひしゃげた。そのままメシメシと前脚は潰《つぶ》されて、車の中へと吸い込まれていく。そして彼は凶暴《きょうぼう》な鉄のプレス加工される金属板のように、上半身からゆっくりと押し潰されていった。

顎がベキベキと音を立てて彼を噛《か》み砕《くだ》いていく。

突如《とつじょ》として始まった白昼の処刑劇《しょけいげき》を、僕たちは呆然《ぼうぜん》と見つめる。誰《だれ》もが微動《びどう》だにできない。

やがて、二番の体は上半身がローラーに飲み込まれて見えなくなると、逆立ちするように後ろ脚が持ち上がった。その後ろ脚もギャリ、ギャギャリと砂利《じゃり》を噛むような音を立てて圧縮され、いくつかのネジやボルトを周囲に撒《ま》き散らしながら、物言わぬ黒い悪魔《あくま》に飲み込まれていった。最初の一歩を踏み入れてから二番の体がすべて見えなくなるまで、ものの十秒とかからなかったが、僕にはそれがひどくスローモーションに見えた。

二番と話したことは、一度もない。

だが、彼の姿はこの三ヶ月でいつも視界に入っていたし、百台以上いる同僚《どうりょう》の中で、『彼』が識別番号二番であると分かる程度には、僕は彼を知っていた。四速歩行、旧型の量産機、HRP006型。

その彼はもう影《かげ》も形もない。もちろん二度と会うこともない。その荒涼《こうりょう》たる恐怖《きょうふ》の余韻《よいん》に、僕の体はガクガクと震《ふる》え出す。

「続いて六番！」

現場監督が声を張り上げると、六番の体がビクリと震えた。

彼のことも僕は知っている。僕と同じキャタピラ型で、頭部がない代わりに胸のあたりに望遠レンズみたいな視覚装置がついている、かなり旧型の労働用ロボットだ。接点といえば、彼がうっかりぬかるみにつまずいて、ぶつかったことが一度あるだけだ。そのとき「スミマセン！」と反射的に謝った彼の声は、僕とそっくりの電子音声だった。

彼との接点はそれだけだ。

でも。たったそれだけの関係でも。

「入れ！　これは命令だ！」

六番はブルブルと震《ふる》える両腕《うで》を供物《くもつ》のように前に差し出す。指先がローラーに触《ふ》れた途端《とたん》、腕が一気に巻き取られ、ギチギチゴゴリと鈍《にぶ》い金属音とともに押し潰《つぶ》されていく。彼の腕が肩《かた》口《ぐち》まで潰されると、さっきの二番と同様にその体は壊《こわ》れたバネのごとく跳《は》ね上がり、前転する格好で下半身のキャタピラごと車の中に飲み込まれていった。時おり、ペッ、ペッと果物の種でも飛ばすように細かな部品が車外に吐《は》き出された。

わずか五秒あまりで、六番は完全に見えなくなった。

「次、七番！」

処刑《しょけい》は続いた。これが古くなって作業効率の悪くなったロボットのスクラップであることは、説明がなくても分かった。四足歩行の二番も、キャタピラの六番も、今呼ばれた七番も、最近ずっと調子が悪かった。動作が遅《おそ》くなったり廃材《はいざい》を落としたりして監督《かんとく》にしょっちゅう怒鳴《どな》られていた。

「次、九番！」

黒い悪魔《あくま》はゴウンゴウンとうなり声を上げながらロボットたちを飲み込んでいく。手も脚《あし》も体もすべてを容赦《ようしゃ》なく噛み砕《くだ》き、時おり好みに合わない食べカスをプッと下品に吐き出す。車の下はそんな食べカスですでにいっぱいだった。

凄惨《せいさん》な処刑は淡々《たんたん》と続き、ついに残すところあと一台となった。

「どうした！　さっさとこの中に入るんだ！」

最後のロボット『百十八番』は、車の前で立ち止まったまま動かなかった。僕より遅く現場に来た、二足歩行型の彼は、ひどく動きが鈍く、もやしのようなひょろりと細い手足をいつもよろつかせながら現場を病人みたいに歩いていた。他《ほか》のロボットと肩が触れるとあっさり転倒《てんとう》した。しかしそれは彼のせいではなく、明らかに整備不良によるものだった。

「おい百十八番！　どうしたんだ！　これは命令だ！」

現場監督の苛立《いらだ》った声に、百十八番の体がギクンと震える。

そして彼はブルブルと小刻みに痙攣《けいれん》しながら、苦悩《くのう》するように長い両腕で頭を抱《かか》え、その場にうずくまった。

「おい、何をしている！　立て百十八番！　これは命──」

そのときだった。

百十八番はゴムまりが弾《はず》むように立ち上がると、一目散《いちもくさん》にその場から逃《に》げ出した。

「な……！」

現場監督《かんとく》があっけに取られる。命令を無視して公然と逃《に》げ出すロボットなど僕の知る限り初めてだ。安全回路《セーフティ・サーキット》に支障でもきたしたのか、人間に反旗を翻《ひるがえ》した百十八番は、よたよたと覚束《おぼつか》ない足取りで、しかし今まで彼が見せた最も速いスピードで遠ざかっていく。斜面《しゃめん》を駆《か》け下り、自由を掴《つか》むべく逃走《とうそう》する。

だが現場監督は彼を追おうとはしなかった。他《ほか》のロボットに捕《つか》まえるよう命令を出すこともなかった。なぜなら、百十八番は現場を囲んでいる鉄条網《てつじょうもう》をガシャガシャと登り出したからだ。

——ああ、ダメ！　そっちは！

百十八番が五メートルほどの網《あみ》を登りきり、有刺《ゆうし》鉄線に手をかけた瞬間《しゅんかん》だった。バッと電光が走り、白い煙《けむり》が噴《ふ》いて、百十八番は鉄条網の一番上から一気に落下した。高圧電流が彼の体を襲《おそ》ったのだ。

地面に落下した彼は、「クソ、クソッ！」と悪罵《あくば》を吐《は》きながら必死に体を持ち上げようとした。しかしその体はしびれたようにガクガクと震《ふる》えるばかりで、中の回路がショートして体の自由が利《き》かないのは一目瞭然《いちもくりょうぜん》だった。

やがて、動けない彼を、現場監督の命令を受けた一台のロボットが拘束《こうそく》した。そしてロボットは彼を廃材《はいざい》のように担《かつ》ぎ上げ、黙々《もくもく》と運んでいった。それはこの現場で何千回何万回と繰《く》り返されたいつもの光景だった。ひとつだけ違《ちが》ったのは、運ばれていく百十八番が「イヤダ、イヤダ、死ニタクナイ！」と泣き喚《わめ》いていたことだ。

その姿を見た僕は、アンヴレラ邸《てい》の研究室《ラボ》で発作《ほっさ》的に自殺を図《はか》ったときのことを思い出した。死を目前にしたときに湧《わ》き上がる、圧倒《あっとう》的な恐怖《きょうふ》と焦燥《しょうそう》。「嫌《いや》だ、死にたくない！」という生存への強い欲求。

「ア、アノ！」

気がつくと僕は叫《さけ》んでいた。百十八番を助けようとしたのかどうか、自分でもよく分からない。ただ、泣き喚いて助けを乞《こ》う彼を見て、声をかけずにはいられなかった。

しかし。

キャタピラを動かして前に出ようとした瞬間だった。僕は何者かに後ろからものすごい力で掴まれ、乱暴に引き倒《たお》された。

——え？

見上げると、そこにはリリスが立っていた。眉《まゆ》を吊《つ》り上げ、目を見開き、今まで見たこともない怖《こわ》い顔で「じっとしてなさい！」と鋭《するど》く叫んだ。僕は仰向《あおむ》けになったまま、呆然《ぼうぜん》と彼女を見上げる。すると彼女は急に表情を崩《くず》して悲しげな顔になり、「お願いだから、今は静かにしていて……」と震える声で付け加えた。僕はそれで何も言えなくなった。

百十八番は車の前まで運ばれると、今度こそ車両の中に叩《たた》き込まれた。金属製の処刑執行人《しょけいしっこうにん》はその顎《あご》でひと噛《か》みひと噛み、ゆっくりと味わうように百十八番の下半身を押し潰《つぶ》していった。その間、耳を覆《おお》いたくなる断末魔《だんまつま》の絶叫《ぜっきょう》が現場に響《ひび》いた。そして百十八番は死んだ。

四十一台のロボットを飲み込んだ悪魔《あくま》が走り去ると、あとには大量の食べカスが残された。

そして現場監督《かんとく》は、僕たちに仕事の再開を命じた。再開後の初仕事は、同僚《どうりょう》の内臓と肉片を掃除《そうじ》することだった。

僕たちは黙々《もくもく》と作業に従事した。リリスもボルコフも何も言わず、うつむいたまま油臭《くさ》い同僚のかけらを拾っていた。

僕が百十八番の視覚レンズを拾い上げると、それは音もなく粉々に砕《くだ》けて、どこへともなく風に舞《ま》い散った。

この日の夜、僕たちは脱走《だっそう》することを決めた。

Iris on rainy days

【第三章】

決行

「君に会えてよかった」
（ボルコフ・ガロッシュ）

【前夜】

「作戦が決まったわ」

深夜二時、いつもの丸テーブル。リリスが決心を確かめるように低い声で言った。

僕たちはここ二日、連夜の作戦会議を開いている。

議題は、脱走《だっそう》計画。

「本当に……明日、やるんですカ？」

あの『処刑《しょけい》』があったのが昨日の午後、そして脱走を決意したのが昨晩。それで脱走が明日というのは、あまりにも急な話だった。

リリスが言った。

「グズグズしてられないの。……だって『次』がいつ来るか分からないのよ？」

「それはそうですが……」

僕は不安が拭《ぬぐ》えない。

「あの車は、これまでもたびたび来ていたんでしょうカ？」

「分からないわ」リリスは小さく首を振《ふ》った。「私も、アレを見たのは昨日が初めてだし。……ボルコフもそうでしょ？」

リリスが顔を向けると、ボルコフは黙《だま》ってうなずいた。

僕は質問を重ねる。

「どうして、ロボットを修理しないんでしょうカ？　なにもスクラップにしなくても……」

「コストよ、コスト。修理代を出すくらいなら、ジャンク屋で買い直したほうが安上がりなのよ」

リリスは明瞭《めいりょう》に答える。僕は「……そういうものですカ」と力なく返す。

「とにかく」リリスは同じセリフを繰《く》り返した。「グズグズしてられないの」

そのとき、リリスはじっと僕を見つめ、それからボルコフをわずかに横目で見た。

――あ、そうか。

ここで僕は、やっとリリスの真意に気づいた。彼女が脱走を焦《あせ》っている、本当の理由を。

それは僕とボルコフのためだ。

ジャンク品の寄せ集めで造られた僕と、何かと反応の鈍《にぶ》いボルコフ。もし、今度また『処刑』が行われるとすれば、一番危ないのは間違《まちが》いなく僕たち二人だ。リリスは、自分の安全のためではなく、僕たちのために危険を冒《おか》そうとしているのだ。

「それで明日の作戦だけど」

リリスは話を本題に戻《もど》した。

「昨日も話したとおり、脱出には『経路』と『タイミング』、この二つの条件が必要になるわ。

……まずは、脱出経路《だっしゅつ》」

リリスはテーブルに、そこらに転がっているガラクタを置き出した。曲がった金属板やねじ切れたボルトなどが無造作に置かれる。

「これが現場ね。で、こっちが『胃』で、向こうが『腸』」

リリスの指が動き、テーブル上には工事現場の簡単な見取り図が出来上がっていく。

「周囲の鉄条網《てつじょうもう》を越《こ》えるのは、高圧電流が通っているから無理。そうすると、脱出経路は二つ。『胃』を突破《とっぱ》して海岸線沿いを逃《に》げるか、それとも『腸』を突破して内陸に逃げるか。みんなも知ってると思うけど、胃のほうは危険が大きすぎるわ。海岸線は遮蔽《しゃへい》物が何もないから、すぐに熱線銃《ねっせんじゅう》で狙《ねら》い撃《う》ちね」

リリスはこめかみに、指でピストルを作る。

「だから逃げるなら『腸』のほうよ。移動手段は搬出《はんしゅつ》用のトラックを乗っ取ることにする。これなら市街地まで逃げきれれば他《ほか》の一般車両に混ざれる」

「あの、ちょっと待ってくだサイ。乗っ取ったトラックは誰《だれ》が運転するんですカ?」

「決まってるじゃない。私よ」

「エ? できるんですカ?」

「私、二つ前の現場では運転手をやってたの。ショベルカーや重機に乗ったことだってあるんだから」

「リリス、無免許」

「ボルコフは黙《だま》ってて」

会話に入ったボルコフをぴしゃりとやって、リリスは説明を続ける。

「手はずはこうよ……」

リリスは脱走計画の段取りを順序立てて話していく。僕はそのアイデアに目を見張る。普通《ふつう》のロボットではまず思いつかない、人間をあざ笑うような大胆《だいたん》な作戦だった。

ただ、僕はリリスの計画に一つだけ気になる点があった。

「みんないっしょに逃げる……ということはできないんですカ？」

「は？」リリスが驚いたように瞬《まばた》きをする。

「ですから、どうせ脱走するなら僕らだけでなく、みんなといっしょに――」

「それは無理よ」

リリスは即座《そくざ》に首を振《ふ》った。

「どうしてですカ？」

「ここには八十台以上もロボットがいるのよ？　いくらなんでも数が多すぎるわ。それに、そもそもみんなが私たちの言うことを聞くとも思えないし」

リリスは冷酷《れいこく》なまでに言い切る。

彼女の経験上、脱走は少人数で秘密裏に進めてこそ成功するもので、大人数でうまくいった例《ためし》はないと言う。

だけど僕は、他《ほか》のロボットたちを見捨てることにためらいがあった。三ヶ月近くずっと同じ場所で寝起《ねお》きしてきた彼らに、ちょっと情が移っていたのかもしれないし、何よりあの凄惨《せいさん》な処刑《しょけい》シーンが脳裏をよぎった。

それから僕は博士のことを思い出した。いつも行《ゆ》き倒《だお》れのロボットを見かけては助けていた博士の姿を。そう、博士ならきっと――。

だから僕は提案した。

「それじゃあ、リリス」

「なに？」

「せめて、こうしませんカ？」

僕は一つの提案――ちょっとした『折衷案《せっちゅうあん》』を出した。彼女はそれを聞いた途端《とたん》に渋《しぶ》い顔をして「むむ……」とうなり声を上げた。

僕が話したのは、いたずらにも似た不届きな計画。


【当日】

あの『処刑』からわずかに二日後、僕がこの現場に来てから八十五日目。

深夜。

本日最後の廃材搬出《はいざいはんしゅつ》トラックが、現場に姿を見せた——その瞬間《しゅんかん》。

「ロボットのみなさん！」

リリスが叫《さけ》んだ。その手には小型マイク。

「よく聞いてください！」

その声は現場中に響《ひび》き渡《わた》った。これは他の何台かのロボットの背に、僕たちがこっそり小型スピーカーを仕込んだからだ（もちろんこれも廃材からの『戦利品』だ）。

そして仕掛《しか》けはもう一つ。

「今から——全員——ここを——出るんだ——！」

リリスは命令した——録音テープに吹き込んだ『現場監督《かんとく》』の声を再生して。

それから耳にタコが出来るほど僕たちが毎日聞かされた、お決まりのセリフが続いた。

「これは命令だ——！」

効果はてきめんだった。

現場監督の声で命令を受けたロボットたちは、一斉《いっせい》にその場から逃《に》げ出した。

ぬかるんだ地面を走り出し、ある者は胃へ、ある者は腸へと向かう。

この突然《とつぜん》の大脱走《だいだつそう》に、監視員《かんし》はパニックになった。

「なにやってるんだ！　止まれ！　全員止まるんだ！　これは命令だ！」

すると、逃《に》げ出したロボットたちは、まるで何かのゲームのようにぴたりと動きを止めた。

しかしそれは計算済み。

「今から――全員――ここを――出るんだ――！　これは命令だ――！」

テープは繰《く》り返される。すると、最新の命令を受けたロボットたちは、金縛《かなしば》りが解けたようにまた四方八方に走り出した。再び現場は大混乱だ。

リリスの当初の計画では、他《ほか》のロボットたちを『おとり』に使うだけの予定だった。いざというときのために録音・編集しておいた現場監督《かんとく》の命令テープを放送し、混乱に乗じて僕たち三人だけが脱走《だっそう》する、というものだ。

僕はこの計画にさらにアイデアを足した。「それなら、みんなの安全回路《セーフティ・サーキット》も解除しておけば、そのままいっしょに脱走できますよネ？」と。

解除作業は拍子《ひょうし》抜《ぬ》けするほど簡単だった。どのロボットの安全回路も量販《りょうはん》店の安物らしく、力任せに引っこ抜けばそれだけであっさり解除できた。だから僕たちは昨晩手分けをして約八十台のロボットたちから芋掘《いもほ》りのごとく一本一本引っこ抜いた。リリスは「こんなことやったって……」とぶつくさ言いながら、結局芋掘りを手伝ってくれた。

そんなわけで、この『ロボット大脱走』は実行に移されたのである。

「緊急《きんきゅう》停止だ！　緊急停止！」

ウーウーと警報が鳴り響《ひび》く。現場監督が腰《こし》にぶら下げた緊急停止ボタンをカチカチ押しているのが見える。だが安全回路のないロボットたちにはもはや何の効果もない。

ここまでは計画どおり。

一方、混乱と喧騒《けんそう》の中で、ただ一人ボルコフだけは廃材《はいざい》を担《かつ》いだままの姿で動きを止めていた。少しだけ膝《ひざ》を曲げた姿勢のまま、銅像のようにぴくりとも動かない。彼の安全回路はリリスにも外せなかったから、緊急停止ボタンの効果をもろに受けてしまったのだ。

「さあ——十五番を——ここに——運び入れろ！」

リリスがテープを再生し、付近のロボットたちに命令する。本来なら、安全回路を解除されたロボットたちが命令に従う義務はない。しかし長年染《し》みついた習慣というのは恐《おそ》ろしいもので、彼らは実にスムーズにボルコフの周りに集まってきた。

硬直《こうちょく》したままのボルコフを、ロボットたちが四台がかりで担ぎ上げる。いかにボルコフが巨《きょ》体《たい》とはいえ、廃材の運搬を飽《あ》きるほど繰り返しているロボットたちにとっては造作もなく、あっという間にその巨体はトラックの荷台に運び込まれる。

「ひぃ！」とトラックの運転手が一目散《いちもくさん》に逃げ出す。リリスは残された車のキーを回してエンジンをかける。脱走計画の要《かなめ》である車両の乗っ取りは成功したようだった。

「今から——全員——ここを——出るんだ——！　これは命令だ——！」

リリスが再び録音テープを流すと、ボルコフを運んだロボットたちはいたずらが見つかった子供のように一斉《いっせい》に散開した。中には「アバョ！」「達者デナ！」と手を振《ふ》る者もいた。

「サ、サヨナラ！　どうかお元気で……！」

僕は精いっぱい、腕《うで》を振って別れを告げる。もう二度と、彼らと会うことはないだろう――そんな予感を胸に抱《いだ》きながら。

鳴り響《ひび》くサイレン、暴走するロボット、監視《かんし》員の怒声《どせい》、響き渡《わた》るニセ現場監督《かんとく》の命令――真夜中の工事現場は、今や混乱の極《きわ》みと化していた。

「アイリス！　行くわよ！」

運転席からリリスが叫《さけ》ぶ。トラックのエンジン音が馬のいななきのごとく僕を急《せ》き立てる。

「あ、ちょ、ちょっと待ってくだサイ！」

僕は慌《あわ》ててトラックのそばまでキャタピラを動かす。

「ほら、掴《つか》まって！」

リリスが腕を伸《の》ばす。下半身がキャタピラのために、車にうまく乗り込めない僕を、リリスがぐいっと助手席まで持ち上げる。こういうとき、彼女の腕力《わんりょく》のすごさを実感する。

「出発進行！」

まるで今からドライブでもするみたいに、リリスが楽しげに叫んだ。

アクセルが踏《ふ》まれ、エンジンがうなり声を上げると、逃走《とうそう》車は三人の脱獄犯《だつごくはん》を乗せて真夜中の道を走り出した。

【battery=04:50:36】

トラックはぐんぐんスピードを上げる。『腸』のエリアに設置されたベルトコンベアを横目に見ながら、転がる廃材《はいざい》を撥《は》ね飛ばして爆走《ばくそう》する。

最初の関門は現場出口にある守衛所だ。

「そこのトラック、停《と》まるんだ！」

守衛所のスピーカーから停止命令が出る。出口には遮断機《しゃだんき》が下りており、おまけに円錐《えんすい》状のコーンが横一列に並んで僕たちの行く手を阻《はば》んでいる。

「邪魔《じゃま》する奴《やつ》は下敷《したじ》きよ！」

リリスは過激なセリフを言い放ち、停まるどころかさらにトラックのスピードを上げる。

「わ、わ、ぶつかりマス！」

僕が叫んだときにはもうぶつかっていた。いくつものコーンを撥ね飛ばし、遮断機のバーをぶち折って、トラックはあっさりと第一関門を突破《とっぱ》した。

「ふん、ちょろいもんよ！」とリリス。ハンドルを握《にぎ》る彼女の目は爛々《らんらん》と輝《かがや》いており、口元は人格が変わったように恐《おそ》ろしげな笑《え》みを浮かべている。助手席の僕は「ア、アワワワ……」と必死にシートベルトを締《し》める。車体がガクガクと上下に激しく揺《ゆ》れて、すでに三回も天井《てんじょう》に頭をぶつけている。

トラックは御者《ぎょしゃ》を失った暴れ馬のごとく砂利《じゃり》道を猛然《もうぜん》と駆《か》け抜《ぬ》け、すぐに一般道《いっぱんどう》に出た。

「リリス！」

「なに！」

「みんなは、ちゃんと逃《に》げられたでしょうカ？」

「さあね！　でもやるだけのことはやったわ！　あとは自己責任よ！　……ところでアイリス！」

「なんですカ？」

「自動車は空を飛べると思う？」

「……ハイ？」

「第二関門よ！」

リリスの視線の先には『通行止め』の看板があり、アスファルトが深く掘《ほ》り返されて大穴が開いていた。このまま突《つ》っ込めばまっさかさまに転落だ。

「ブ、ブレーキ！」僕はとっさに頭を抱《かか》える。

「停《と》まったら負けよ！」リリスはさらにスピードアップ。

「ちょっと、リリスー!?」

僕が叫《さけ》んだ瞬間《しゅんかん》、フロントガラスに通行止めの大きな看板がバカーンとぶつかり、それからトラックは道路を掘り返したあとの盛り土をジャンプ台のようにして、車体を空中に舞《ま》い上がらせた――そしてドスンと着地。

「クリアー！」

見事、穴を跳《と》び越《こ》したリリスが嬉《うれ》しそうに叫んだ。もはや、運転が乱暴とかいうレベルではない。

「アイリス、ラジオつけて！」

「持ってまセン！」

「違《ちが》う、カーラジオよ！　そこの出っ張ってるスイッチを押して！」

「こ、これですカ？」

「それはハザードランプ！　その下、そう、それ！」

僕は慌《あわ》ててラジオのスイッチを押す。ザ、ザザッとノイズが車内に響《ひび》く。

「選局して！」

「ちょっと待ってくだサイ！」

激しく揺《ゆ》れる車内で僕はカチカチと放送局を選ぶ。しかし歌や音楽ばかりで交通情報はやっていない。

「交通情報はやってまセン！」

「ちがーう！　音楽よ、音楽！」

「エ？　音楽？　なぜですカ？」

僕が不思議そうに尋《たず》ねると、リリスは元気よく叫《さけ》んだ。

「景気づけに決まってるでしょ!!」

数秒後、車内には激しいロック調の音楽が流れ始めた。リリスの希望どおり、大音量で。

「ア、アノ！」僕は耳を塞《ふさ》ぎながら叫ぶ。

「なにアイリス!?」リリスも大声で返す。

「いいんですカ!?　こんな、激しい、音楽で！」

「いいの！　こういうのは！　とにかく勢いよ！　……ほら、第三関門！」

目の前には自動車の列が出来ていた。どうやら信号待ちのようだ——なんて悠長《ゆうちょう》なことを考えている暇《ひま》もなく、リリスはまたもアクセル全開、フルスピードで車列に向かって突進《とっしん》していく。ラジオではロック歌手が絶叫《ぜっきょう》する。もう何が何だか分からない。

「どいてどいてどいてえええっ!!」

リリスはハンドルをぐるんと操作して、道路の右端《はし》にトラックを寄せる。車列とガードレールの隙間《すきま》を通るつもりだ——というかトラックが通れる隙間などありはしない。

「このリリス様がどけって言ってんのよ!!」

リリスはクラクションを連打する。前の車の運転手が何事かとこちらに振《ふ》り向き、その顔が恐怖《きょうふ》に引きつり、自動車たちが我先にと逃《に》げ出す。

そしてリリスはトラックの右側《がわ》をガードレールにぶつけ、左側で先行車両のサイドミラーを吹《ふ》き飛ばしながら、信号待ちの五台を一挙に追い抜《ぬ》いた。

「ちょ、リリス、交差点！」

信号の先には案の定、車が行き交《か》う交差点。

しかしリリスの辞書にブレーキの文字はない。彼女はクラクションをまるで玩具《おもちゃ》のごとくバンバン鳴らしてスピードを上げる。ロック歌手が「GO！　GO！　GO！」とサビを絶叫して最高潮。

交差点では突然《とつぜん》の暴走トラックに驚《おどろ》いた他《ほか》の車両が急ブレーキ、いくつものキキーッという摩擦《まさつ》音が重なって、その直後に僕たちのトラックが弾丸《だんがん》のように交差点を抜ける。後ろのほうでクラッシュ音がしたけど、もはや確認《かくにん》する気も起きない。

僕はまだ生きているのが不思議だったが、ロック歌手は裏声で気持ちよくバラードを歌い始め、リリスもそれに合わせて機嫌《きげん》よさそうにハミングしている。

「あのリリス、そろそろスピードを落として……」

「おいでなすったわよ！」

「エ？」

「後ろよ！　第四関門！」

僕は窓から後方を見る。回転灯《かいてんとう》をつけた車両が三台、僕たちを追ってきていた。

――警察！

【battery=04:46:03】

「そこのトラック！　ただちに停《と》まりなさい！」警察車両から当然ともいえる命令が下る。

「車体を左端《はし》に寄せて停止しなさい！」

「ア、アノ、警察が！」僕は動転しながら叫《さけ》ぶ。

「警察が⁉」怒《おこ》ったような声で訊《き》き返すリリス。

「停まれって言ってマス！」

「それで⁉」

「え、その……どうしましょウ？」

「サツなんか振《ふ》り切るわよ！」

リリスはアクセルをさらに踏《ふ》み込んだ。

エンジンがうなり声を上げ、制限速度の軽く倍はいきそうなスピードでカーブに突《つ》っ込む。

遠心力で僕は左側《がわ》のドアに体を押しつけられる。

「どう⁉　距離《きより》は！」

「だ、だいぶ離《はな》れましタ！　でもまだ追ってきていマス……アッ！」

「どうしたのアイリス！」

「な、なんか出ましタ！」

「分かるように説明して！」

「小さいのが出ましタ！」

リリスが「だから何⁉」と窓から顔を出す。長い髪《かみ》の毛がばたばたと生き物のように風になびく。

「うわっ、『交機』じゃない！」

背後からはロボットが追ってきていた。上半身は人の形をしているが、下半身には四つの車輪――さしずめロボットカーだ。頭の上の回転灯《かいてんとう》は警察車両の証《あかし》である。

「コーキ？」

「交通機動警察ロボットよ！　スピード違反《いはん》を取り締《し》まる警察の手足！」

「ど、どんどん近づいてきマス！」

「分かってるわ！」

リリスはさらにアクセルを踏み込む。しかし交機ロボットのほうが明らかに速い。その差は見る見る縮まる。

「ソコノ車両、停車シナサイ。サモナクバ強制執行《しっこう》ニ入リマス。ソコノ車両……」

後ろから電子音声が警告してくる。その声はどこか威圧《いあつ》的だ。

「リリス、な、なんか武器みたいの持ってマス！」

「武器って何！」

「拳銃《けんじゅう》デス！」

「く、タイヤを撃《う》ち抜《ぬ》いてパンクさせるつもりね……アイリス！」

「何ですカ！」

「迎撃《げいげき》を命じる！」

「エエッ⁉」

「足元に工具箱あるでしょ！」

見れば確かに助手席の下には工具箱があった。リリスが僕の頭を開けるときに使ったものだ。

「それを道路にぶちまけなさい！」

「え？　どうしてですカ？」

「いいから早く！」

僕は訳が分からなかったが、交機ロボットが威嚇射撃《いかくしゃげき》を始めるともう考えている余裕《よゆう》などなかった。

「エイッ！」

言われたとおり工具箱のボルトをひとつかみして、窓からバラバラと撒《ま》く。夜の道路にキン、キンと音を立ててボルトが散らばっていく。

するとその瞬間《しゅんかん》、一台の交機ロボットがボルトを踏《ふ》んでスリップした。

「もっとよ、もっと！　あるだけぶちまけなさい！」

「りょ、了解《りょうかい》デス！」

僕は工具箱を丸ごとひっくり返して内容物を一気にばらまく。気持ちいいくらい豪快《ごうかい》に不法投棄《とうき》されたボルト、ナット、クギ、ネジ、チェーンのたぐいが音を立てて転がっていく。

これは効いた。交機ロボットは次々に部品を踏んづけてスリップし、横転したりコースアウトしていった。

「コレ……油？」

見ると、工具箱の中には黒っぽい油がべっとりと付いていた。交機ロボットがあんなに簡単に滑《すべ》ったのはこれが原因のようだ。

「どう？　備えあれば憂《うれ》いなしよ」リリスが愉快《ゆかい》そうに歯を見せて笑った。「よーし、このまま隣町《となりまち》まで突っ走るわよ――」

そのときだった。

「リリス、前！」

僕が叫《さけ》ぶと、「うっそ……！」とリリスの顔色がさあっと変わった。

道路の前方では無数の回転灯《かいてんとう》が光っており、こちらのトラックに引けをとらない大型装甲車《そうこうしゃ》が何台も壁《かべ》となって行く手を塞《ふさ》いでいた。

「まずい！」

リリスが急ブレーキをかけたときには、遅《おそ》かった。

装甲車《そうこうしゃ》の上から光の矢が放たれ、フロンドガラスは真っ白な閃光《せんこう》に包まれた。

【battery=04:21:29】

「ウ……」

気がつくと、僕は冷たいアスファルトの上に放《ほう》り出されていた。

雨がひどい。いや、これは僕の視界がひどいだけか。

視界の右端《はし》にトラックが見える。横倒《よこだお》しになった車体、空回りするタイヤ、そして炎上《えんじょう》する荷台。闇《やみ》の中、燃え上がる炎《ほのお》が夜空を白く染める。

僕は記憶《きおく》をたどる。

警察の装甲車から、無数の鋭《するど》い光が放たれ、視界が真っ白になり——そうか——熱線銃《ねっせんじゅう》で撃たれたのか。

ようやく事態を理解する。

「リリス！」僕は必死に友人の名前を叫《さけ》ぶ。「リリス！　どこですカ！」

道路に両手をついて体勢を立て直し、周囲を確認《かくにん》する。あいかわらず『雨』はひどいものの、視覚装置はまだ無事なようだった。僕は白黒の視界の中で、懸命《けんめい》にリリスの姿を探し続ける。

――あ！

横転したトラックからだいぶ離《はな》れたガードレールの下に、その人影《ひとかげ》は見えた。ほどけた長い髪《かみ》が扇《おうぎ》のように路面を覆《おお》っている。

「リリス、大丈夫《だいじょうぶ》!? リリス!!」

僕は必死に呼びかける。しかし彼女はぐったりと横たわったまま、ぴくりとも動かない。

――待っててリリス。今、助けるから。

周囲に散らばる車の破片をよけながら、僕はキャタピラを動かしてリリスへと近づく。

僕が到着《とうちゃく》するほんの少し前だった。「う……」と苦しげなうめき声を上げ、リリスが意識を取り戻《もど》した。彼女はゆっくりと上半身を持ち上げて、周囲を見回す。すぐに僕と目が合う。

「リリス、大丈夫ですカ！」

「ええ……なんとかね。それよりあの人は――」

そう言って、リリスがトラックのほうに目を向けたときだった。

「動くな！」

荒々《あらあら》しい怒声《どせい》が響《ひび》き、リリスは何者かに背中を蹴《け》り飛ばされて激しく路面に叩《たた》きつけられた。

「アアッ……！」相手を確認して、僕は恐怖《きょうふ》で硬直《こうちょく》する。

リリスを蹴飛ばしたその人物は、土管型の不気味なヘルメットをかぶっていた。全身を金属で装甲《そうこう》し、手には灰色に光る熱線銃《ねっせんじゅう》。

僕の脳裏にまるで連続写真のように記憶《きおく》が蘇《よみがえ》る。午後のニュース、噴水広場《ふんすい》、ロボットの暴走、青いレーザー、特殊部隊《とくしゅ》、そして——。

彼らの一人が戦利品のごとく掲《かか》げた、ロボットの生首《なまくび》。

「動くな、これは命令だ！」土管の頭から冷たい声が響《ひび》いた。「両手を頭の上に置いてじっとしてろ！」

「この……！」リリスは即座《そくざ》に反撃《はんげき》した。その体を鞭《むち》のごとくしならせ、彼女を押さえ込もうとしてきた男に、後頭部で頭突《ず》きを食らわす。「ウッ……！」と男は顔面を押さえてひるむ。

「アイリス、逃《に》げるわよ！」

「ハ、ハイッ！」

警察をものともしないリリスの大胆《だいたん》さに驚《おどろ》きつつ、僕は右手を伸《の》ばす。リリスも僕のほうに右手を伸ばした。

その瞬間《しゅんかん》。閃光《せんこう》が彼女を襲《おそ》った。

僕の目の前で、リリスの右腕《うで》が、ぼとりと落ちた。

彼女は金属を擦《こす》ったような甲高《かんだか》い悲鳴を上げ、足元から崩《くず》れ落ちた。そのちぎれた右腕から真っ黒な油が噴《ふ》き出し、僕のところまで飛んでくる。すぐに分厚い金属装甲の男たちがリリスのもとに駆《か》け寄り、熱線銃を突きつける。

「元気がいいな、お嬢《じょう》ちゃんよ」先ほどリリスに頭突きを食らった男が、彼女の髪《かみ》の毛を乱暴に掴《つか》んで引っ張り上げる。「ぐ……」とリリスは苦痛で顔を歪《ゆが》める。

「おかげで歯が折れちまったよ。……これはそのお礼だ」

また、閃光が彼女を包んだ。

リリスの左耳と左頬《ほお》が、こそぎ取ったように焼き切られた。彼女はさっきよりも大きな悲鳴を上げ、道路に倒《たお》れ込んだ。左の顔面を押さえながら、苦しみのあまり路上をのたうち回る。

それを見て男たちはニヤニヤと笑う。

「リリス！　痛覚機能をオフにして！　リリ――」

僕はありったけの声で叫《さけ》んだが、「うるせえ！」とすぐに男の一人に蹴《け》飛ばされ、路上に転《てん》倒《とう》した。

「運びやすいようにバラしておくか」「そうだな」と彼らは言葉を交《か》わすと、リリスの首に熱線銃を当てた。彼女の顔が恐怖《きょうふ》に染まる。男の指が引き金にかかる。それを見た僕の体は、ガクガクと小刻みに震《ふる》え出す。

ああ、リリスが死んじゃう、殺されちゃう。だめだ、いやだ、そんなの絶対、絶対、いやだ――！

「ウワアアアア！」

気がついたときには、僕は叫び声を上げて男たちに突進《とっしん》していた。

「な?」とっさのことで男が体勢を崩《くず》す。その脚《あし》を、僕は両腕《うで》で必死に掴《つか》む。「離《はな》せ、この野《や》郎《ろう》!」と男は苛《いら》ついた様子で振《ふ》りほどこうとするが、僕は絶対に離さない。

「アイリス!」リリスが僕の名を叫《さけ》ぶ。

「リリス、逃《に》げて!」男に蹴《け》られながらも僕は叫び返す。

だが僕の反撃《はんげき》はそこまでだった。

僕の体を、『熱いもの』が襲《おそ》った。あっ、と思ったときには僕は路面に転がり、自分のキャタピラの破片が空から降り注ぐのを見ていた。

「ウア……」僕はかすれた声でうめき、緩慢《かんまん》な動作で自分の下半身を見下ろす。僕の下半身は、バラバラに吹《ふ》き飛んで、跡形《あとかた》もなかった。腰《こし》から下がざっくりと焼き切れ、臓物《ぞうもつ》のごとくチューブが何本もはみ出し、火花を散らしている。

「やめて!」リリスが悲痛な声で叫んだ。「その子だけは助けてあげて!」

しかし男たちは、その哀願《あいがん》に暴力で応《こた》えた。リリスの口に、熱線銃《ねっせんじゅう》の銃口が乱暴に突《つ》っ込まれる。「ぐうっ!」とリリスの喉《のど》から嫌《いや》な音が出る。

「心配するな。……二人仲良くスクラップだ」

——リリス! ああ、リリス!

僕は必死に体を持ち上げようとするが、熱線銃を浴びた体はしびれたように力が入らない。もはや声すら出ない。

——誰《だれ》か！

僕は心の中で叫ぶ。ありったけの声で叫ぶ。

——誰かリリスを助けて！

その声が、届いたのか。

「——ウオオオッ——オオ——ウンッ‼」

声が聞こえた。まるで動物の遠吠《とおぼ》えのような、伸《の》びのある力強い叫びだった。

男たちが「今のはなんだ？」と顔を見合わせる。

その直後、今度はさっきよりも明瞭《めいりょう》に、「ルゥオオオオオオウンッ‼」と荒々《あらあら》しい咆哮《ほうこう》が闇夜《やみよ》を切り裂《さ》いた。男たちが一斉《いっせい》に声のした方向に振り向くと、視線の先では一台の大型トラックが炎上《えんじょう》を続けていた。

そして、トラックの荷台から、炎《ほのお》に包まれた巨大《きょだい》な腕が、

突き出た。

熱線銃《ねっせんじゅう》を向けられてもボルコフが歩みを止めることはなかった。その重量感あふれる太い足は歩くたびにアスファルトを陥没《かんぼつ》させ、歩いた跡《あと》が楕円《だえん》の炎となって闇夜《やみよ》に浮かび上がる。

「止まるんだ！　これは命令だぞ！」

再三の停止命令にも、全身に陽炎《かげろう》をまとった巨人にまったく従う様子はない。命令など聞こえないかのように変わらぬペースで近づいてくる。光る両眼に込められているのは、圧倒《あっとう》的な気迫《きはく》――いやあれは――

殺気だ。

「撃《う》てえっ!!」

号令と同時に、男たちが一斉《いっせい》に熱線銃の引き金を引いた。十本あまりの閃光《せんこう》がわずかなアーチを描《えが》いて、吸い込まれるようにボルコフに殺到《さっとう》する。僕の脳裏にかつてのニュースの光景が蘇《よみがえ》る。

だが。

「なっ⁉」絶句したのは、警察のほうだった。

レーザーはボルコフの体に到達《とうたつ》した瞬間《しゅんかん》、壁《かべ》に当てた水しぶきのごとく、あっけなく撥《は》ね返された。熱線があたりの道路に四散し、ジュウッと黒い煙《けむり》を噴《ふ》き上げる。

レーザーを浴びた巨人の体表からは、どろりどろりと汗《あせ》のように塗料《とりょう》が熔《と》け落ちていく。その下には闇夜を塗《ぬ》り固めたような真っ黒な地金《じがね》。彼はまた「ルゥオオオオオウンッ！」と己《おのれ》の存在を誇示《こじ》するように夜空に向かって咆哮《ほうこう》した。

「ふ、不死機甲兵団《きこうへいだん》……⁉」警察の一人が震《ふる》える声でつぶやいたのが、聞こえた。

第二射も結果は同じだった。放たれたレーザーは巨人の分厚い装甲に行く手を阻《はば》まれ、撥ね返されアスファルトに穴を穿《うが》つだけだった。第三射、第四射、第五射と続けて撃つ男たちの顔は見る見る血の気を失っていく。

「バケモノだ……」

鋼鉄《こうてつ》すら焼き切るレーザーが撥ね返されるなど、彼らにとって予想だにしない事態だった。頼《たの》みの武器がまったく役に立たない男たちは、じりじりと装甲車まで退却《たいきゃく》を始める。それを見た巨人《きょじん》は力を溜《た》め込むように、ゆっくりと膝《ひざ》を曲げた。

一転。弾《はじ》けるように彼は空に跳躍《ちょうやく》した。炎《ほのお》の人型が燃え盛《さか》る太陽のごとく闇夜に躍《おど》り上がると、急降下して装甲車の前に轟音《ごうおん》とともに着地した。装甲車から慌《あわ》てて男たちが飛び降りた直後、巨人は己の五倍はあろうかという車体をその太い両腕《うで》でぐっと抱《かか》え上げた。

「ルゥウオオウンッ！」

短い咆哮のあと、装甲車は他《ほか》の装甲車に向かって投げつけられた。激しいクラッシュ音が響《ひび》き、衝突《しょうとつ》した二台はすぐに炎上《えんじょう》、爆散《ばくさん》。

それから彼は一番大きな装甲車に突進し、バンパーを紙細工のように毟《むし》り取った。太い両腕で分厚い金属装甲をバリバリと剝《は》がすと、むき出しになった車の内部機関に勢いよく右腕を突《つ》っ込む。

それはまるで弓で矢を射るような動作だった。彼の右腕《うで》が瞬時《しゅんじ》に発光したかと思うと、何か熱波のようなエネルギー弾《だん》が放たれた。直後、車体は空気を入れられた風船のごとく膨《ふく》らみ、鮮《あざ》やかな火球となって爆裂《ばくれつ》した。

だが警察も黙《だま》ってはいなかった。

上空のヘリコプターがバラバラと音を立てて何度か旋回《せんかい》したあと、その腹から何かを産み落とすように、投下した。

それは爆弾だった。ボルコフに向かって一直線に落下する、鈍《にぶ》い光沢《こうたく》の鉄塊《てっかい》。

「ボルコフ!」リリスが叫《さけ》んだ。「上よ! 避《よ》けて!」

その言葉に、彼は胡乱《うろん》げな動作で空を見上げ、ゆっくりと右腕を掲《かか》げた。次の瞬間《しゅんかん》、装甲車《そうこうしゃ》を破壊《はかい》したときと同じエネルギーの塊《かたまり》が彼の手から放たれた。すると爆弾は空中で花火のように炸裂《さくれつ》し、粉々になった。すぐに爆風があたりを襲《おそ》い、吹《ふ》き飛ばされたリリスの体が僕のところまで飛んでくる。

風が収まると、ボルコフは何事もなかったように平然とその場に立っていた。あれほどの戦《せん》闘《とう》を繰《く》り広げたにもかかわらず、彼の体には傷ひとつついていなかった。

それから彼は、上空でなおも飛び続けるヘリコプターに向かい、おもむろに手をかざした。

彼の右腕がまた強く光り出す。その光は今までになく強く、あたりを荘厳《そうごん》なまでの白い世界に変えていく。

「もういい、ボルコフ！　やめなさい！」

だがリリスの言葉は届かなかった。

彼の右腕から熱線銃《ねつせんじゆう》のような光が——ただしそれは何十本も束にしたようなあきれるほどの出力で——闇夜《やみよ》を一直線に切《さ》り裂いた。はるか上空を飛んでいたはずのヘリコプターは、光に包まれ、空中で爆発、そして滅失《めつしつ》した。わずかばかりの黒い破片が、力尽《つ》きたカラスのように遠くの路面に落ち、ちろちろと燃え始めた。

もう、あたりには僕たち以外に誰《だれ》も残っていなかった。

完膚《かんぷ》なきまでに破壊された四台の車両が、激しい音を立てて燃え続け、夜空に向かって火柱のような黒煙《こくえん》を噴《ふ》き上げる。散らばった無数の破片はかがり火のごとく世界を彩《いろど》る。

そこは戦場だった。誰の存在も許さない、炎《ほのお》と恐怖《きようふ》、死と殺戮《さつりく》の戦場。

巨人《きよじん》は、周囲の惨状《さんじよう》を無感動な目つきで見やると、こちらに振《ふ》り返った。

それからゆっくりと僕たちに向かって歩いてきた。

その姿は、燃え盛《さか》る装甲車の残骸《ざんがい》を背景にして、神話の世界から蘇《よみがえ》った魔《ま》人《じん》そのものだった。

異様にぎらついた両眼が、灯台《とうだい》のように闇夜に浮かび上がる。

僕はかつての彼の言葉を思い出していた。

——ボルコフ、戦争した。

そう、彼は。

――ボルコフ、いっぱい、殺した。

兵器だったのだ。恐《おそ》ろしいまでの破壊力《はかい》を秘《ひ》めた殺人兵器。

やがて巨人《きょじん》は、僕たちの目の前で立ち止まった。黒く大きな影《かげ》が僕とリリスに覆《おお》いかぶさる。

「ボル……コフ？」

リリスがつぶやくと、彼は無言で太い腕《うで》を伸《の》ばした。その右腕に彼女が抱《だ》きかかえられる。

巨人がまとっていた炎《ほのお》はすでに消えていた。

「ちょ、ちょっと！」

とまどうリリスに巨人は何も答えず、僕にも腕を伸ばした。すぐに僕も彼の左腕に抱《かか》えられる。

すさまじい炎の熱気と、けたたましいサイレンの嵐《あらし》の中で、巨人はグッと両膝《ひざ》を曲げると、路面を強く蹴《け》って夜空へと舞《ま》い上がった。

そして僕たちを闇《やみ》の中に連れ去った。

【battery=03:58:01】

普段《ふだん》の彼からは想像もできないスピードだった。

街路を疾走《しっそう》し、階段を飛び下り、ガードレールをぶち破って、彼は街を走り抜《ぬ》けた。僕とリリスはその太い両腕に乳児のように抱かれたまま、なすすべもなく遠ざかる夜景を呆然《ぼうぜん》と眺《なが》める。

十分も走っただろうか。人気《ひとけ》のない薄暗《うすぐら》い鉄橋の下で僕たちはやっと下ろされた。闇の中を幅《はば》が三十メートルほどの大きな川が流れており、その上に鉄橋がかかっている。サイレンの音はかすかにしか聞こえず、警察と交戦した場所からはだいぶ離《はな》れたようだった。

僕は下半身がなくなっていたので、普通に座ることができずに、橋脚《きょうきゃく》に寄りかかる。リリスも疲《つか》れきったようにもたれた。そして、肘下《ひじした》が失われた右腕を、ぐっと左手で押さえながら、仁王《におう》立《だ》ちしている巨大な漆黒《しっこく》のロボットを見上げた。

「あなたいったい……、どうしちゃったの？」

心配そうに訊《き》くリリスの言葉に、彼は何も答えなかった。ただじっと僕たちを見下ろしている。

「ボルコフ・ガロッシュ」リリスは落ち着いた声でその名を呼んだ。「何か言ってよ」

「…………」漆黒の巨人は黙《だま》っている。

頭上の鉄橋を、緩《ゆる》やかなスピードで列車が通過する。リリスの髪《かみ》が風で揺《ゆ》れる。彼女の髪はほどけたままで、長い髪が羽織った上着みたいに肩《かた》を覆っていた。

「……もうっ」リリスが左手を地面について立ち上がった。

「リリス？」

「ちょっと、この人の目を覚ましてくるわ」

リリスは彼に近寄る。そして思いっきり――

ノックした。

「もしもし！　もしもし！　入ってますか！　入ってますか！」

力任せにリリスはボルコフの腰《こし》のあたりをノック――というより殴《なぐ》りつける。

「いるのは分かっているのよ！」彼女は居留守の人間を脅《おど》すように叫《さけ》ぶ。「今すぐ出てきなさい！」

そのときだった。

ピカッと彼の目が光った。それからギギギと首を動かして、自分の体をノックする少女を見下ろした。

そして彼はいつものように、とぼけた調子でこう言った。

「オー。……ボルコフ、入ってる、入ってる」

「遅《おそ》い！」リリスは彼の腕《うで》をゴンと叩《たた》く。

「リリス、乱暴」

「あなたのせいよ！」またボルコフを叩く。その姿は男性と喧嘩《けんか》した恋人のようにも見える。

リリスは僕のほうに振《ふ》り向くと「まったく、世話が焼けるわ」と肩《かた》をすくめた。その軽いセリフとは裏腹に、彼女はずいぶんとほっとした表情だった。

リリスは再び、橋脚《きょうきゃく》にもたれるように座る。今度はボルコフも、その向かい側《がわ》にどっかりと座った。

「まあ、とにかく。……さっきは助かったわ」

リリスは小さな声で、ちょっと恥《は》ずかしそうに目をそらし「……ありがと」とつぶやく。

「リリス、照れてる」

「うるさいわね」

リリスはそっぽを向く。ボルコフはぽりぽりと頭を掻《か》く。いつものやりとりに、僕は少し安心する。頭上の鉄橋をまた列車が通過していく。ビリビリと背中から振動《しんどう》が伝わる。

その音が収まるのを待ち、僕は口を開いた。

「リリス、大丈夫《だいじょうぶ》ですカ？」

彼女の左の頬《ほお》は痛々しく焼け焦《こ》げている。警察の熱線銃《ねっせんじゅう》にやられた傷だ。そして、その右腕の肘《ひじ》から下はすでに存在しない。

「…………」リリスの返事はない。

「リリス？」

「あ、うん、平気よ。ちょっと聴覚《ちょうかく》装置の調子が悪いみたい。というか、あなたこそ大丈夫？」

「僕は、その」

自分の下半身を見ると、臓物《ぞうもつ》がはみ出したように垂《た》れ下がる配線とチューブ。

「ああ、ごめん。大丈夫《だいじょうぶ》なわけないよね」

「主要な回路は生きてますので、まあ、しばらくは大丈夫そうデス」

「……そう」

リリスはまだ何か言おうとした感じだったが、そこで口を閉じた。いま、傷のダメージを議論しても仕方ないと思ったのかもしれない。

「これから……どうしましょうカ？」

「うーん」

リリスは顔を膝《ひざ》の間に埋《うず》める。

「ボルコフは、どう思う？」

彼女は大切な場面では必ず彼に意見を求める。

巨大《きょだい》な黒い塊《かたまり》は、のっそりと首を上げて「む……」と声を出した。

「ボルコフ、分からない」

「はあ……」リリスが額に手を当てる。そしてお決まりのセリフを言った。「あなたに訊《き》いた私がバカだったわ」

それから僕に話を振《ふ》った。

「アイリスはどう？」

「そうですネ……。当面、どこかに隠《かく》れていたほうがいいと思いマス」

「まあ、今すぐ隣町《となりまち》まで逃《に》げるのは危険か。高飛びするにも、とりあえずほとぼりを冷まさないとね……」

逃亡《とうぼう》する犯罪者みたいなことをリリスは言う。いや、すでに僕たちは犯罪者か。

「でも、この場にいるのもまずいわ。暗いうちにもう少しマシな隠れ場所まで移動しましょ」

「そうですネ」

「ボルコフ、アイリスを運んで」

ボルコフは黙《だま》ってうなずき、僕に腕《うで》を伸《の》ばした。

【battery=03:45:32】

川沿いを三人で進む。

ボルコフが歩くたびに、その足が川原の砂利《じゃり》を粉砕《ふんさい》する。ミシャリ、ミシャリと石が砕《くだ》ける音が断続的に響《ひび》く。僕はボルコフの腕に抱《だ》かれたまま、一歩ごとに上下動する視界を眺《なが》める。

眼前には果てしなく続きそうな砂利道、左手にはまっすぐに伸びる黒い川。川沿いは街灯《がいとう》がないので、真っ暗なトンネルの中を歩いているような気分になる。

この先に何があるんだろう。僕たちはどこへ向かっているんだろう。夜の闇《やみ》が、体の芯《しん》に向かって浸食《しんしょく》してくるように、僕の気持ちは徐々《じょじょ》に不安になっていく。

しばらく歩くと、隣《となり》からリリスの鼻歌が聞こえ始めた。どこか気楽なそのメロディに、僕は少しだけ気持ちが落ち着く。一人だったら不安で泣き出してしまいそうだ。

その鼻歌がやんだときだった。

「ねえ、アイリス」変わらぬペースで歩きながら、リリスがちらりと僕を見上げた。「ひとつ、お願いしてもいいかしら？」

「なんですカ？」と僕はボルコフの腕《うで》からリリスを見下ろす。

「アレの続き、しゃべってよ」

「……アレって？」

「三流魔神《まじん》ウェザー・ダーク」

「でも、今は本がありまセン」

リリスは一拍《いっぱく》だけ間を置いてから「覚えてるんでしょ？」と言った。

「エ？」

僕は驚《おどろ》いて彼女を見る。

「最後まで読んで、記憶《きおく》したんでしょ？　知ってるわよ、アイリスがこっそり本を読んでたの」

「それは、その、えっとですネ……」僕はしどろもどろになる。

「目、そんなに悪いの？」

その言葉に、僕は息を飲んだ。目の前の雨が一瞬《いっしゅん》やんだような気さえした。

リリスは複雑な表情で、雨の向こうから僕をじっと見つめる。心配そうに眉根《まゆね》を寄せながら、それでいて口元は励《はげ》ますような笑《え》みを浮かべて。

「わかるよ、いっしょに暮らしてるんだから。最近、廃材《はいざい》もよく落とすし、まっすぐ歩けてないし」

彼女の言うとおりだった。

ここ最近、僕の視力は加速度的に悪くなっていた。雨が『小降り』のときはまだ何とか見えるのだが、『土砂降《どしゃぶ》り』のときは白い縦線で視界が埋《う》め尽《つ》くされる。そして、土砂降りの時間帯は日を追うにつれて長くなっていた。

だから僕は、視力を完全に失う前に本の続きを読んだのだ。あの優《やさ》しい読書会が、僕のせいで終わってしまわないように。

「ご心配かけてすみまセン」と謝ると、リリスは長い髪《かみ》を揺《ゆ》らして首を振《ふ》った。

「謝ることじゃないわ。……それで、本は全部読んだのよね？」

僕はうなずく。

「じゃあ、あらためてお願いするわ。聞かせてよ、ダークの続き」

リリスは僕の顔を上目遣《うわめづか》いに見た。彼女にしてはだいぶ遠慮《えんりょ》がちな声だった。

「……ハイ、分かりましタ」

この非常時に悠長《ゆうちょう》なことを、とは思わなかった。リリスも、何かしていないと不安だったのだと思う。それは僕も同じだった。おそらくは、ボルコフも。

暗闇《くらやみ》の中、行く宛《あて》もなく、頼《たよ》るところもなく、追っ手がいつ、どこから来るかも分からない。

僕たちには今、その物語が必要だった。

普段《ふだん》はとぼけているけど実は思いやりのある黒衣の魔神《まじん》と、しっかり者だけど不器用な白銀の指輪の、美しくて優《やさ》しい物語が。

だから僕は語った。

それは『真夜中の読書会』だった。


「フラウ・スノウは驚《おどろ》きのあまり体を震《ふる》わせましタ。そうです、ダークは、彼女のために新しい指輪を用意したのデス」

僕はシリーズ第七巻『魔神の贈《おく》り物《もの》』を語り続ける。

隣《となり》ではリリスが「あっ」「う……」といちいちストーリー展開にやきもきしながら聞いている。ボルコフは僕を抱《かか》えたまま、時々「ムム……」と低い声を出す。二人とも本当に熱心な読者だ。

前の第六巻では、魔法の指輪フラウ・スノウが、自信をなくして魔神の居城《きょじょう》から『家出』してしまった。その後ダークが彼女の代わりとなる『新しい指輪』を作ってしまったのが、第七巻の前半部分だ。

そしてこの第七巻の後半部分では、ダークが新しい指輪を作った理由が明らかになった。

それはフラウ・スノウの『新しい体』だった。元々フラウは、魔界の神殿《しんでん》で眠《ねむ》っていた『死者の魂《たましい》』を、指輪を媒体《ばいたい》として蘇《よみがえ》らせたものだった。そして彼女は、長年の頑張《がんば》りで媒体である指輪がボロボロになっており、ダークはそれに気がついてフラウのために精魂《せいこん》を込めて新しい指輪を作り出したのだ。彼が長らく居城を留守にしていたのは、フラウを助けるために指輪の材料集めをしていたからだった。

「ダークは優しい声で言いましタ。『親愛なるフラウ・スノウ。今日は俺から君にプレゼントがある』そう言ってダークは白い指輪を取り出しましタ。それは雪の結晶《けっしょう》を宝石にしたような、たいへん美しい指輪でしタ。『これで君は大丈夫《だいじょうぶ》だ。ずっと、ずっと、大丈夫だ』フラウは感激のあまり何も言えませン。だけどそのとき――」

フラウの魂が新しい指輪に移った直後、ダークの体に異変が起こる。彼は新しい指輪を作るためにすべての魔力を使い果たしてしまったのだ。

「ダークの体は、ゆっくり、ゆっくりと光の粒《つぶ》となって空中に溶けていきマス。フラウは呆然《ぼうぜん》とその姿を見つめながら、叫《さけ》びましタ。『ああ、ダーク、行かないでください。私を置いていかないで』ダークは彼女を優しく手で包み込み、こう言いましタ。『フラウ、ごめん。それと、今まで本当にありがとう。俺は――』ダークは光になりながら、最後に微笑《ほほえ》みましタ。『君のことがずっと好きだった』その言葉を最後に、ダークの体はすべて光の粒《つぶ》となって弾《はじ》けましタ。そして、光の粒は天に昇《のぼ》り、やがて見えなくなりましタ」

僕がそこで区切ると、隣《となり》で「グスッ……」と鼻をすする音がした。

「リリス？」

「ダーク……」リリスは左手で目元を押さえ、何度も涙《なみだ》を拭《ぬぐ》った。それから少し悔《くや》しそうな声でつぶやいた。「絶対ハッピーエンドだと思ってたのに……」

僕は残りわずかな第七巻を最後まで語り、一息ついた。

物語の余韻《よいん》にひたるように、しばらく三人とも無言で歩き続ける。

五分ほど歩いたころ、僕は言った。

「じゃあ、いよいよ第八巻ですネ。最終巻の」

「待ってアイリス」リリスがすっと手を上げた。「それはまた、今度にしようよ。いっぺんに聞いちゃうともったいないし。それに今は……」

本のストーリーを思い出したのか、リリスがまた少し涙ぐむ。僕は「……分かりましタ」と答える。

「いいよね、ボルコフもそれで？」

リリスが尋《たず》ねると、ボルコフもこくりとうなずいた。

読書会が終わり、僕たちはまた静かに歩き続ける。真っ暗なトンネルの中を進むように、暗《くら》闇《やみ》を奥へ、奥へと進んでいく。この先に何があるのか、誰《だれ》も分からない。

静かな川のせせらぎと、雨の音だけが聞こえる。

【battery=02:14:17】

それを見つけたのはリリスだった。

そろそろ夜明けが迫《せま》り、僕たちが今日一日の隠《かく》れ場所を探すのに焦《あせ》り始めていたとき。

「これ、下水道の入り口だよね？」

リリスが指差したのは、ガード下にあるマンホール。草に覆《おお》われた状態ですっかり錆《さび》ついている。そういえば、魔神《まじん》ダークがフラウの目を盗《ぬす》んで居城《きよじょう》からこっそり脱出《だっしゅつ》するときに通ったのも、こんなふうに雑草で覆われた丸い穴だった気がする。

「ボルコフ、ちょっと開けてみて」

リリスの言葉に、ボルコフは腰《こし》をかがめてマンホールの蓋《ふた》に手をかけた。金属の擦《こす》れる音がしたあと、ガパリと蓋が開く。

蓋の下には穴があり、暗闇が地下へと僕たちを誘《いざな》っていた。

「どうするんですカ？」

穴を覗《のぞ》きながら僕が尋《たず》ねると、リリスは「入るしかないでしょ。もうすぐ夜が明けるし」と言った。

「でも……」と僕はボルコフを見る。

「あ、そうか」

リリスも気づいたようだった。マンホールの穴は直径一メートル程度。僕とリリスはともかく、とてもボルコフは通れない。

彼女はフッと小さくため息をついてから「ま、仕方ない。他《ほか》を探しましょ」とあっさりマンホール案をあきらめた。

そこでボルコフが口を開いた。

「ボルコフ、残る」

「ん？」先を歩きかけたリリスが振《ふ》り向く。「なんか言ったボルコフ？」

「ボルコフ、残る。……リリスと、アイリス、先に行く」

「え？　私たちだけで先に行けって言うの？」

ボルコフがうなずく。

「バカ。なにカッコつけてるのよ」

リリスがボルコフの腕《うで》をちょんちょんと指でつつく。しかしボルコフはリリスの言葉には答えずに、彼女の肩《かた》にその大きな右手を置いた。

「な、なによこの手は……？」

「来る」

「え?」

「追っ手が、来る」

　それは夜明け前の一番暗い時間。

　ボルコフが見上げた空には、いくつもの光点が星のごとく広がった。

「ちょっと!　あれ、軍隊じゃない!」

　夜空の光点はだんだんと大きくなる。それはヘリコプターの部隊だった。サーチライトが僕たちの頭上をかすめる。

「リリス、早く、降りる」

「何言ってるのよ!　いっしょに逃《に》げるわよ!」

　しかしボルコフはリリスの肩をがっちり掴《つか》んだまま、同じ言葉を繰《く》り返した。

「ボルコフ、残る」

　そして彼はリリスを力ずくで担《かつ》ぎ上げ、マンホールに無理やり押し込んだ。

「ちょっとボルコフ!　放しなさい!」とリリスが暴れるが、ボルコフは従わない。

「軍隊の、狙《ねら》い、ボルコフ」

　ボルコフは僕の体も掴み、リリスに続いてマンホールに押し込む。

　そこでふいにボルコフは僕を見た。彼の目は無言で何かを語っていた。それはおそらく——。

「リリス、行きましょウ」

僕はリリスを引っ張る。

「ちょっと、アイリスまで何を言い出すのよ！」

「ボルコフの気持ち、考えてくだサイ」

「それは——」

「壊《こわ》れた」そのとき、ボルコフが唐突《とうとつ》に言った。「ボルコフ、壊れた」

「……え？」とリリスが不安げな顔でボルコフを見返す。

「ボルコフ、トラックで、燃えた」彼はまるで他人事《ひとごと》のように淡々《たんたん》と説明した。「その時、安全回路《セーフティ・サーキット》、壊れた。だから、武器、使えた……だから、作動した」

「作動って……なに、が？」

リリスが答えを聞くのを恐《おそ》れるような声で尋《たず》ねたが、彼は変わらぬ低い声で告げた。

「自爆《じばく》装置」

その瞬間《しゅんかん》、リリスは言葉を失った。

ボルコフは今まで嘘《うそ》をついたことはない。冗談《じょうだん》を言ったこともない。

一度もない。

僕はマンホール内のハシゴに掴《つか》まりながら、あらためてボルコフの顔を見つめる。その四角い瞳《ひとみ》は静かに、だが揺《ゆ》るぎない意志を秘《ひ》めていた。

僕は気づいていた。ボルコフは恐れているのだ。軍事用ロボットの自分がいっしょにいることで、これからの逃走《とうそう》の迷惑《めいわく》になるのを。

リリスはゆるゆると首を振《ふ》り、訊《き》き返した。

「嘘《うそ》でしょ？　自爆装置なんて、本当は今思いついた嘘……なんでしょ？」

すがるように彼を見る。

ボルコフは「本当」と短く答えた。

「だから、さよなら」

マンホールの蓋《ふた》が閉まっていく。ボルコフの顔がだんだんと見えなくなる。

「ボルコフ、ダメ！　勝手に決めないで！　いっしょに逃《に》げるのよ！」

彼はリリスの言葉には答えず、僕を見て言った。

「アイリス、リリスを、頼《たの》む」

僕はうなずく。彼の決心は固い。そして僕たちの力では彼は止められない。

リリスはあきらめない。「何よ、やめてよ！　開けなさい！」と必死に左手だけでボルコフの手を押しのける。するとボルコフは、そっとリリスの腕《うで》を掴み、彼女の動きを封《ふう》じた。それからじっとリリスを見つめた。

「……ボルコフ？」突然《とつぜん》動きを止めた巨人《きょじん》に、リリスが不安げな眼差《まなざ》しを向ける。ボルコフは黙《だま》ったままリリスを見つめる。時が止まったように、二人はお互《たが》いを見つめ合う。

「リリス」

このとき、ボルコフの言葉はいつもの途切《とぎ》れがちな口調ではなく、若い男性のような滑《なめ》らかな発音になった。

それはまるで、告白のような響《ひび》きで。


「君に会えてよかった」


リリスが目を見開く。唇《くちびる》を震《ふる》わせ、何か言いかける。

だが次の瞬間《しゅんかん》、ボルコフは彼女を突《つ》き飛ばした。

「あっ!」と短い叫《さけ》び声《ごえ》を上げた彼女の体はマンホールの底へと落下し、僕も彼女に巻き込まれていっしょに落ちていく。

落下していく最後の一瞬、ボルコフの目が悲しげに光ったのを、僕は見た。しかしすぐにマンホールの蓋《ふた》は閉じられ、その光は見えなくなった。

【battery=02:01:40】

落ちたところは下水道だった。大きな水しぶきを上げて、僕とリリスは激しく水面に叩《たた》きつけられた。

「ワワ！」

僕はいったん沈《しず》んだあとに浮き上がり、なすすべなく下流へと流されていく。腕《うで》を必死に動かすが、壊《こわ》れかけのこの体ではどうにもならない。

「アイリス！」

リリスが必死に水面に顔を出しながら、僕の腕《うで》を掴んだ。そのまま僕の体を抱《だ》き寄せて、立ち泳ぎの要領でそばにあるコンクリートの岸へと近づいていく。

ゆうに百メートルは流されただろうか。リリスは僕を抱《かか》えたまま、何とか下水から上がる。

「……ゲフッ、ゴホッ！」

左手を足場についたままの姿勢で、彼女は盛大にむせながら水を吐《は》いた。上がった場所は下水に沿って造られた通路のようだった。

「……ったく、なんなのもう！」

リリスが悪態をつく。僕は「ガ、ガガ……」と変な音を出したあと、やっと声を出す。

「リ、リリス……ガガッ」

全身がずぶぬれで、回路があちこちでショートしている。

「あなた大丈夫《だいじょうぶ》？　水でガボガボよ」

リリスは僕の体を赤ん坊のように持ち上げ、ぶんぶんと上下に振《ふ》る。水がボタボタと僕の体内からあふれ出て、彼女の足元を濡《ぬ》らす。

「まったく、ひどい目にあったわ！」

リリスが忌々《いまいま》しげに叫《さけ》んだ。眉尻《まゆじり》を上げて、怒《おこ》った表情を作る。

しかし、僕には彼女が強がっているのが分かった。その証拠《しょうこ》に、彼女は下水の「上流」のほうを、じっと見ていた。

ボルコフと別れた方向を。

僕は黙《だま》ったまま、彼女と同じ方向を見つめる。下水の流れは速く、通路も上流側《がわ》には続いていない。泳いで引き返すのはどう考えても無理だった。

彼女はしばらくの間うつむいて、それから顔を上げた。

「行こうか、アイリス」

「……ハイ」

僕が小さく返事をすると、リリスは黙《だま》って僕を背負った。

【battery=01:49:52】

しばらくは無言だった。

役立たずの僕はせめてもの貢献《こうけん》として、視覚装置のライトを点灯《てんとう》して彼女の前を照らす。

彼女に背負われながら、僕はボルコフのことを考えていた。あのあと、彼はどうなったのだろうか。軍隊と交戦したのだろうか。自爆《じばく》装置は――作動してしまったのだろうか。リリスは何も言わない。きっと、考えていることは同じだった。

十分ほど歩いたときだった。

「あの人さ」リリスが、ぽつりと言った。「すごい、鈍《にぶ》いでしょ？　目も悪いし、耳も遠い。しゃべり方もたどたどしい」

「エエ……」

リリスは何を言おうとしているのだろう。

「あれね、ひとつには軍隊時代の後遺症《しょう》なんだけど、それだけじゃないの」

彼女はそこで声のトーンを落とした。

「私のせいなの」

「……どういうことですカ？」

「最近でこそずいぶん減ったけど、あの現場は一時期、不発弾《ふはつだん》の数がすごかったんだ。多い日には一日三台くらいのロボットが吹《ふ》っ飛んだ。……そんなの見たらさ、普通《ふつう》は、不発弾っぽい廃材《はいざい》は運ぶのやめようとするじゃない？」

そこで彼女は僕を背負い直した。僕も彼女に掴《つか》まり直す。

「でもね」リリスの声が少しだけ、震《ふる》え出す。「あの人は、違《ちが》ったの。自分から率先《そっせん》して、明らかに不発弾《ふはつだん》だという廃材《はいざい》を運んだの」

「どうしてですか？　それじゃまるで自殺行為《こうい》デス」

「そう、自殺行為。ボルコフがいくら頑丈《がんじょう》だっていっても、そう何度も何度も爆発《ばくはつ》に巻き込まれてたらガタがくるわ。それでもあの人は不発弾ばかり拾った。どうしてだと思う？」

僕は黙《だま》っている。リリスは震《ふる》える声で続ける。

「私のため、だってさ」

彼女は突《つ》き放すように言った。そして震える声は早口になった。

「馬鹿《ばか》だよね。『自分は爆発しても吹《ふ》き飛ばないから』って、私の分まで拾うんだって。でも、それで自分はどんどん壊《こわ》れていく。目も見えなくなるし、耳も聞こえなくなるし、言葉だっておかしくなる。それでもあの人は不発弾を拾うの。私がやめろって言ったら、あの人、なんて言ったと思う？」

リリスは足早に歩き続ける。何かを振《ふ》り切るように。

「ボルコフ、爆弾、拾う」

彼女はボルコフの真似《まね》をした。

「リリス、安全」

その声が苦しそうに詰《つ》まる。

「ボルコフ、うれしい……」

そこで彼女は立ち止まった。

「ほんと……バカ……だよね……」

彼女の肩《かた》に回していた僕の腕《うで》に、ぽたぽたと液体が落ちる。その粒《つぶ》は僕の腕をつたい、とめどなく路面に落ちる。

——ボルコフ、殺し方、知ってる。

僕の脳裏にボルコフの言葉が蘇《よみがえ》る。

——でも、生き方、知らない。

彼はあのとき、生き方が分からないと言っていた。悲しげな目で言っていた。

でも違《ちが》う。彼はすでに見つけていたのだ。

リリスと出会い、リリスのために爆弾を拾い、リリスのために警察とも軍隊とも戦った。

——君に会えてよかった。

別れ際《ぎわ》の言葉の意味が、今はっきりと分かる。

彼はリリスのために生きていたのだ。それが戦場を失ったボルコフ・ガロッシュの第二の人生だったのだ。

リリスは静かに泣き続けた。

僕は黙ったまま、両腕に少しだけ力を込めた。

昔、博士が僕にそうしてくれたように、後ろからそっと、優《やさ》しく抱《だ》きしめた。

地上から、大地を揺《ゆ》るがすような爆発音《ばくはつ》が聞こえたのは、その直後のことだった。

それはおそらく、僕たちの友人が砕《くだ》け散る音だった。

【battery=01:28:13】

下水道の中を、ゴウゴウと風が吹《ふ》き抜《ぬ》ける。その風が一瞬《いっしゅん》だけやんだときだった。

リリスが立ち止まった。

僕が「リリス?」と尋《たず》ねると、彼女は少しだけ鼻をすすり、泣きはらした目で僕のほうに振《ふ》り返った。

「なにか、聞こえない?」

そうつぶやいて、リリスは耳を澄《す》ました。僕も聴覚《ちょうかく》装置の感度を最大値にする。

聞こえるのは、ザアザアというい つもの雨の音。そして風の音と、下水が流れる音と——。

人の足音。

複数の、足音。

「追ってきたようね」

リリスが唇《くちびる》を噛《か》んだ。

彼女の考えていることが、その震《ふる》える肩《かた》から僕にも伝わる。軍隊が追ってくるということは、彼らを足止めする存在がいなくなったことを意味していた。だけど僕も彼女も、もはや彼のことには触《ふ》れなかった。それを口にしたらリリスはまた泣き出しそうだったし、僕は心が折れそうだった。

僕たちは先を急いだ。視覚装置の照明を頼《たよ》りに、下水脇《わき》の通路を早足で進む。時おり、男たちの声がトンネル内を反響《はんきょう》して聞こえてくる。

「見て！」

リリスがボリュームを絞《しぼ》った声で言った。

「出口よ」

僕は天井《てんじょう》を見た。そこには壁《かべ》に設置されたハシゴと、上に続く縦穴があった。ここに入るときに下りてきた穴とよく似ている。

「もうオーヴァルの中でしょうカ？」

「そうね、たぶん市内よ」

「どうしますカ？」

「行くしかないでしょ。……ここにいたらいずれ見つかるわ」

男たちの声と靴《くつ》の音は、さっきからだんだんと大きくなっている。

「じゃあ、しっかり掴《つか》まってて」

リリスは僕を背負ったまま、壁《かべ》に設置されたハシゴを握《にぎ》り、一段一段ゆっくりと上っていく。

三十秒も上ると天井《てんじょう》には丸い金属の蓋《ふた》が見えた。マンホールの出口だ。

左腕《うで》しかないリリスに代わり、僕は手を伸《の》ばしてマンホールの蓋を慎重《しんちょう》にずらしていく。

徐々《じょじょ》に隙間《すきま》から光が射し込んでくる。

半分ほど開いたところで、リリスがひょいっと顔を出した。

「よし、ついてる！」

彼女は蓋を全部開けると、まず僕を地上に出し、それから自分が外に躍《おど》り出た。

久しぶりの地上は夜が明けたせいもあり、とてもまぶしかった。出たところは建物と建物の間の路地で、ゴミがやたらに散乱している。遠くから聞こえてくるのは自動車の排気《はいき》音だろうか。

リリスはマンホールの蓋を閉めると、自分自身を奮い立たせるように勝気《かちき》な声で叫《さけ》んだ。

「さあ、ここからが逃亡《とうぼう》劇の第二幕よ！」

このときの僕たちは軍隊から逃《に》げきったと思っていた。

だが僕たちは甘かった。軍隊が本気を出せば、下水道の出口などすべて待《ま》ち伏《ぶ》せできることに気づくべきだった。

「じゃあ、急ぎましょアイリ――」

その言葉は言い終わる前に途切《とぎ》れた。

彼女の体を、二本の閃光《せんこう》が貫《つらぬ》いた。

【battery=01:24:41】

まるで糸を失ったマリオネットのように、リリスは体をガクンと二つに曲げ、顔から倒《たお》れ込んだ。

「あ……！」

「リリス！」

「ぐうっ……！」胸部を押さえてうめく彼女の体からは、どろどろと黒い液体があふれ出す。

それは血だまりのように路面に広がっていく。

「動くな！　これは命令だ！」

狭《せま》い路地に怒声《どせい》が響《ひび》き、軍服の男二人が駆《か》け寄ってくる。その手には熱線銃《ねっせんじゅう》。

「なんだ、もう一匹《ぴき》いたのか」

男の一人が僕の存在に気づく。

「『コレ』は始末してもいいよな？」「ああ、かまわないだろ」と、彼らはまるで食事のメニューを選ぶかのようにあっさりと僕の死を決めた。

銃口《じゅうこう》が僕の顔に押しつけられる。余熱でジュウッと白い煙《けむり》が上がる。

——ああ、死ぬのか。

僕はぼんやりと銃口を見つめる。最初にスクラップにされたときのように、目の前の死をまるで実感できない、現実逃避《とうひ》——。

そのときだった。

「ガアアアアッ！」

獣《けもの》のような唸《うな》り声《ごえ》を発してリリスが体を起こし、目の前の男に体当たりをした。とっさのことで男はバランスを崩《くず》す。

その隙《すき》に、リリスは僕を左腕《うで》だけで抱《かか》え上げ、脱兎《だっと》のごとく駆《か》け出した。

後ろから「止まれ！　これは命令だ！」と常套句《じょうとうく》が聞こえたが、彼女は今にも倒《たお》れ込みそうな前傾姿勢《ぜんけい》で疾走《しっそう》を続ける。

路地を抜《ぬ》けると広い通りに出た。前の道路では車が何台も行き交《か》っている。

「キャア！　なにあれ!?」

通行人の女性が僕とリリスを見て叫《さけ》んだ。上半身だけの鉄クズのような僕、そして胸から油を垂《た》れ流す片腕のリリス。すぐに他《ほか》の人間たちも騒《さわ》ぎ出す。

背後からはさっきの軍人の怒声《どせい》が迫《せま》ってくる。リリスは一瞬《いっしゅん》だけ考えたあと車道のほうに走り出した。

「リリス、いったいどこへ――」

「あれに乗るわよ！」

リリスが叫んだ先には信号待ちの小型トラック。信号が変わりトラックが出発する間際《まぎわ》、リリスはまず僕を荷台に叩《たた》き込み、それから自身はヘッドスライディングのように頭から滑《すべ》り込んだ。

そしてトラックは発車した。

【battery=01:16:56】

あたりにサイレンが鳴り響《ひび》く。トラックは市街地を走り続ける。

「リリス、リリス、大丈夫《だいじょうぶ》⁉」

車の荷台で、僕は必死にリリスに呼びかける。

彼女の顔は苦悶《くもん》に歪《ゆが》んでいる。胸と腹に一箇所《かしょ》ずつ、握《にぎ》り拳《こぶし》ほどの大きな穴が開いており、はみ出たチューブが暴れる蛇《へび》となって火花を散らす。

「アイリス……」

「な、なんですカ？」

僕は彼女の言葉を聞き取るべく、顔を近づける。

「繁華街《はんかがい》を抜《ぬ》けたら……」彼女はかすれる声で言う。「すぐに、降りるから」

「でも」と僕は彼女の傷を見る。彼女は紛《まぎ》れもなく重傷――いや重体だった。僕は下半身を失ったがそれは機動力を失っただけだ。三大回路《テトラサーキット》をはじめとするメインシステムに損傷はない。でもリリスは違《ちが》う。この大量の機械油は明らかに主要な回路がダメージを負ったことを示していた。

それでも彼女は上半身を起こした。その途端《とたん》、ゴボッと口から黒い油を吐《は》く。

「リリス！」

「大丈夫《だいじょうぶ》よ」口元の油を左手の甲《こう》でぐいっと拭《ぬぐ》い、彼女は無理やり作った笑顔《えがお》を僕に向けた。

「これくらい、何ともないわ」

しかし言葉とは裏腹に、彼女の胸と腹からはだらだらと黒い液体が流れ続けている。

五分も走るとトラックは市街地を抜け、人通りの少ない郊外《こうがい》の道に入った。

「ほら、降りるわよ」

リリスが僕を抱《だ》きかかえる。僕は彼女のタフさに驚愕《きょうがく》しつつ、動けない自分の体を呪《のろ》う。車が減速したタイミングを見計らい、リリスはトラックの荷台から飛び降りた――というより転げ落ちた。トラックは僕たちに気づかずにそのまま走り去っていく。

リリスはよろよろと立ち上がり、少しだけあたりを見回す。幸い、人影《ひとかげ》はない。

「あ、そこに入るわよ」

リリスが目配せした先には古びた一軒屋《いっけんや》があった。看板には不動産屋の名称《めいしょう》と『売出中《うりだしちゅう》』の文字。

リリスは僕を背負い直し、よろめく足で家の敷地《しきち》に入っていく。背負われるだけの僕にはどうすることもできない。

玄関《げんかん》を横目に通り過ぎ、庭に入ると、そこは雑草の伸《の》びきった荒地《あれち》だった。

彼女は軒下《のきした》に身を横たえた。ここなら家の敷地に入ってこない限り、道路からは見えない。

「リリス……」

僕はため息のようにその名を呼ぶ。

リリスの体は、もう、滅茶苦茶《めちゃくちゃ》だった。飛び降りた拍子《ひょうし》にはずれてしまったのか、銃《じゅう》で撃たれた穴からは何本もの配線と回路がはみ出している。漏電《ろうでん》したチューブが別の生き物のようにのたくり、バチバチと火花を散らす。

――これじゃ、バッテリーが……。

「へへ……だいぶ、ひどいねこりゃ……」リリスは軽い調子で言うと、横たわったまま自分の胸を触《さわ》る。その手ではみ出した回路を体内に押し戻《もど》そうとするが、うまくいかない。

「アイリス」

「なんですカ？」

「これを……」

彼女は胸に開いた穴に左手を突《つ》っ込み、何か四角い箱状のものを取り出した。機械油で真っ黒に汚《よご》れているそれは、カードケースだった。

「開けてみて」

彼女の指示に従ってケースの蓋《ふた》を開けると、一枚のプラスチック製のカードが入っていた。表面に聞き覚えのある銀行名が表記されている。

「……キャッシュカード？」僕はリリスを見る。

「そう。暗証番号は、ＨＲＭ０１９。私の認識《にんしき》番号ね」

僕は彼女が何を言っているのか分からない。どうして今、キャッシュカードを渡《わた》されるんだろう？

「それと、ケースの一番下」リリスは淡々《たんたん》と指示を続ける。「紙、あるでしょ。広げて」

僕は言われたとおり、ケースの底にあった一枚の紙を広げる。それはオーヴァル市をはじめとする近隣《きんりん》の地図だった。一箇所《かしょ》だけペンで丸がついている。

「そこ、ジャンク屋ね」

リリスが話すたびに、黒い筋が口の端《はし》をつたう。

「ほら、前にも話したよね。ライトニングって、ロボットのこと」

ライトニング――それは以前、リリスが僕に話してくれたジャンク屋のロボットの名前だった。ボルコフに似た、大型のロボット。

「そこに行って、彼に修理を頼《たの》みなさい」

「ハ……ハイ」

「移動するときはくれぐれも慎重《しんちょう》にね。とっさに隠《かく》れるときは、車の下がオススメよ。それから――」

「ま、待ってくだサイ」僕は不安にかられて彼女の言葉を遮《さえぎ》る。「リ、リリスも、いっしょですよネ?」

「バカね。……この体じゃ、無理に決まってるでしょ」

「じゃあ僕、そのジャンク屋さんに着いたら、リリスのことをお願いしてみマス。だから、ここで待ってて――」

「アイリス」今度はリリスが、僕の言葉を遮った。「よく聞いて」

その口調はまだしっかりしているものの、瞳《ひとみ》はすでにうつろだった。光が薄《うす》れ、バッテリーが残り少ないことを示していた。

「私は、もうだめよ」

その言葉に、僕は胸が締《し》めつけられる。

「リリス、そんなこと言わないでくだサイ。そのジャンク屋さんにお願いすれば、きっと……」

「だめ」リリスは強く首を振《ふ》る。首筋から何かの液体がこぼれる。「そんなことしたら、お金が足りなくなる。あなたを直せなくなる。それは絶対にだめ」

「リリス、待って。リリスを置いてなんか、行けませセン」

僕は哀願《あいがん》するように彼女を見つめる。しかしリリスは首を振《ふ》り「ほら、はやく」と言った。

リリスを見捨てて、一人で逃《に》げる。そんなことは考えられない。考えたくもない。

「……いやデス。一人で逃げるなんて、絶対にいやデス」僕は彼女にカードケースを突《つ》き返した。「だからこれは受け取れませセン」

その瞬間《しゅんかん》だった。

「アイリス・レイン・アンヴレラ!」リリスは左手で僕の肩《かた》を強く掴《つか》み、恐《おそ》ろしいまでに目を見開いた。「甘ったれてんじゃないわよ!」

その剣幕《けんまく》に僕はビクッとのけぞる。彼女は鬼気迫《ききせま》る勢いで、僕をガクガクと激しく揺《ゆ》さぶる。

「いい? あなたは生きるの! そのカードがあれば、あなたは直せる! でも私は無理! だったら、あなたを直すしかないでしょ!」

「で、でも!」

「もっと強くなりなさい! 一人でも生きる強さを身につけなさい! 世の中は甘くないわよ! 弱気になったらすぐにスクラップなんだから!」

彼女はそこで激しく油を吐《は》いた。僕の顔にも黒いしぶきが散る。

それでも彼女は続けた。

「さあ、行きなさい! はやく!」

「でも、でも！」

「アイリス！　これ以上私を困らせないで！」

リリスは険しい表情で僕を見つめる。僕は彼女の手を握《にぎ》り、駄々《だだ》っ子《こ》のように「いやデス、いやデス……」と繰《く》り返す。

そうやって僕が拒絶《きょぜつ》を続けて、しばらく経《た》ったときだった。

彼女はふいに、優《やさ》しい笑《え》みを浮かべた。

「アイリス」彼女は左手をそっと持ち上げて、僕の頬《ほお》を触《さわ》った。その手はベットリと油に塗《まみ》れている。「ひとつ、いいことを教えてあげる……」

リリスは僕に諭《さと》すように言った。

「世の中ってね……あなたが思ってるより、ずっと、いい加減に出来てるのよ。……案外、どこも隙間《すきま》だらけで、自分さえその気なら、何をやっても生きていけるの」

その細い指先で、彼女は僕を慈《いつく》しむように何度も撫《な》でる。僕は彼女の瞳《ひとみ》が薄《うす》れていくのをただ呆然《ぼうぜん》と見つめる。

「だから大丈夫《だいじょうぶ》。あなたは一人でも、ちゃんと生きていける。……もっと、自信を持ちなさい。だってあなたは――」

彼女は僕の目をまっすぐ見つめ、かすれる声で言った。

「最後まで、愛されたロボットなんだから……」

そこでリリスの手は、力尽《つ》きたように僕の頬を滑《すべ》り落ちた。

僕は何も言えない。

きっと彼女のほうが正しい。ずっと一人で生き抜《ぬ》いてきた彼女の意見は、世間知らずの僕よりもずっと正しい。

だけど、そうだとしても、納得《なっとく》できないこともある。

僕はどうすればいい。博士ならこんなとき、どうするだろう。

そう、博士なら、きっと――。

「リリス、聞いてくだサイ」

僕は胸の蓋《ふた》を開け、灰色のシガレットケースを取り出した。それは博士と僕の写真が入っている思い出の品。そのケースを開けて、中から8の字型のリングシガレットを取り出す。

「昔ね。博士が教えてくれたんデス。僕たちは、この8の字シガレットみたいなものだって。

……ほら、こうやって、8の字は二つの『わっか』に分かれますよネ……」

僕は彼女の前で、8の字シガレットを二つに切り離《はな》す。片方のわっかは禁煙《きんえん》用シガレット、もう片方のわっかは吸殻《すいがら》入れだ。それを二つ、またくっつけてみる。

「見てくだサイ。一個だと『0』。こっちも一個だと『0』。でも、二つ合わせると『8』になりマス。こうやって、つながることで大きくなる――それが8の字で、僕たちデス」

これは博士の受け売り。いつだったか、特別講義の他愛《たわい》ない雑談で聞いたこと。でも、博士のシガレットを見るたびに思い出すこと。

リリスは僕の持っているシガレットを見つめ「そんなの……屁理屈《へりくつ》よ……」と聞き取れないくらい小さな声で言った。その瞳《ひとみ》の光はもうほとんどない。

屁理屈でもよかった。僕はただ、彼女に死んでほしくなかった。生きることをあきらめてほしくなかった。だから続けた。

「僕と博士。リリスとボルコフ。そして今、僕とリリス。8の字シガレットのように、二つで一つなんデス。二人いっしょじゃないとダメなんデス。だからねリリス」

このとき僕の電子音声は、わずかだが元の肉声のような響《ひび》きになった。

「僕は絶対に、君を助けるから」

リリスは何も言わなかった。

ただ、一度だけ瞬《まばた》きをして、目を閉じた。

彼女のバッテリーはそこで切れた。

【battery=00:58:34】

僕はしばらく、動かなくなったリリスを見つめていた。

彼女に偉《えら》そうなことを言ったくせに、僕は早くも不安になり始めていた。今まではすべてリリスが先導してくれた。追っ手が来たときはボルコフが助けてくれた。でも今は僕一人しかいない。誰《だれ》も助けてはくれない。誰も考えてはくれない。

僕はすがるようにまたカードケースを開く。地図を取り出し、丸のついた場所を確かめる。

そこはヴィーナス噴水《ふんすい》広場のすぐ近くだった。場所からして商店街の店の一つだろう。問題は方角だったが、それも壁《かべ》の向こうに見える一際《ひときわ》高い白いビル——オーヴァル大学第一ロボティクス研究所の位置から割り出せる。

確認《かくにん》を終えた僕が、地図をカードケースに戻《もど》そうとしたときだった。

「ア……」

そこで僕は、ケースの内側《がわ》に貼《は》ってある、一枚の小さな写真に気づいた。

写真には三人の人物が写っていた。中央にはかわいいフリルつきの服を着たリリス。そして彼女の両脇《わき》には三十代くらいの夫婦《ふうふ》らしき男女が微笑《ほほえ》んでいる。

写真の中のリリスはとても嬉《うれ》しそうに笑っていた。その笑顔が、あまりに幼くて、無防備で、今の凛《りん》としてたくましいリリスとは別人のように思えた。

僕は彼女の言葉を思い出す。

——薄情《はくじょう》なものよね。勝手に造っておいて、いらなくなったらポイなんてさ。

あのときの彼女は、肩《かた》をすくめて、ずいぶんとクールな物言いだった。

僕は改めて写真を見る。三人の幸せそうな家族。絵に描《か》いたような幸福の一瞬《いっしゅん》を切り取った四角いフレーム。その中で彼女は、疑うことを知らない天使みたいに一点の曇《くも》りもない無垢《むく》な笑《え》みを浮かべている。このあと自分を待ち受けるひどい裏切りも知らずに。

僕は胸が痛くなった。彼女は今まで、何度この写真を見返してきたのだろう。いったいどんな気持ちで、過去の幸せな自分を見てきたのだろう。

そして彼女は、今もこの写真を大事に胸にしまっている。自分を捨てた両親の写真を、ずっと。

——もっと、自信を持ちなさい。だってあなたは、最後まで、愛されたロボットなんだから……。

「リリス……」

バッテリーが切れたリリスの表情からは、さっきまでの険しさが消えており、あどけない寝《ね》顔《がお》をこちらに向けていた。僕は右手を伸《の》ばし、彼女の焼け焦《こ》げた左の頬《ほお》をそっと優《やさ》しく撫《な》でる。

すると、目尻《めじり》から涙《なみだ》のように、黒い油がつたった。ほろり、ほろりとつたった。

僕はもう一度、誓《ちか》いの言葉をつぶやく。

「僕は絶対に、君を助けるから」

絶対だ。

それから僕は、リリスの体を近くの茂《しげ》みまで運び、見つからないように隠《かく》した。彼女のカードケースは博士のシガレットケースといっしょに胸の奥にしまう。

そして僕は、しばし考え込んだ。

この姿でまっすぐ進んでも、すぐに誰《だれ》かに通報される。それではだめだ。もっと確実に、リリスの言うジャンク屋までたどり着く方法を考えなければいけない。しかし携帯《けいたい》電話は手元にないし、公衆電話もこの姿では難しい。では、いったいどうすればヴィーナス噴水《ふんすい》広場のジャンク屋までたどり着けるだろう。広場までの距離《きょり》は、目測で二キロ弱。

──広場？

ヴィーナス噴水広場。この言葉で僕はあることを思い出す。昔、映画を見たあとの帰り道に、博士といっしょに通りがかったあの広場。そうだ、あそこで博士は、行《ゆ》き倒《だお》れのロボットを助けたんだ。そして、あのロボットが広場の前までたどり着いた方法が確か──。

そこで博士の言葉が蘇《よみがえ》った。

──この子……こんな狭《せま》くて暗いところを通ってきたのね……。

「排水溝《はいすいこう》だ……」

【battery=00:43:08】

出発する前に、僕はまず自分の体を『加工』した。

レーザーで焼き切れていた下半身から、垂《た》れ下がったチューブや配線をすべて引きちぎる。

動くのに邪魔《じゃま》だし、道路とぶつかると音が出てしまうからだ。そのあとは自分の体内からすでに機能していない装置を引っ張り出した。下半身を動かすための駆動機《くどうき》系統をはずすと、だいぶ体が軽くなる。

加工が終わると、僕は家の敷地《しきち》から道路に出た。人が来ないうちに一番近くの排水溝《はいすいこう》の蓋《ふた》をはずし、その中にもぐり込む。少しばかり溝《みぞ》が狭《せま》かったので、ここで左腕《うで》は放棄《ほうき》することにした。肩《かた》ごと引っこ抜《ぬ》くように力を込めると、腕は簡単にはずれた。自分の体がジャンクパーツの寄せ集めであることがこのとき初めて役に立った。はずした腕は排水溝の奥に押し込んだ。

そして僕は出発した。

排水溝の中はぬるりとした苔《こけ》でびっしり覆《おお》われている。その中を、頭と右腕と胴体《どうたい》だけの僕がずるりずるりとほふく前進で移動する。まるで映画で見たゾンビみたいな動きだが、なりふりなどかまっていられない。

排水溝の角まで来ると、体がつっかえた。僕は腕を曲げ、首を曲げ、体の向きをちょっとずつ調整して、少しずつ押し込むように進む。曲がり角の対角線スペースをうまく生かして、何とか角を抜ける。

やればできる。

排水溝の上には、金属製の檻《おり》にも似た四角い蓋がついている。幅《はば》三十センチ、長さ一メートルくらいのこの四角い蓋が道沿いにどこまでも続く。どの蓋にも網《あみ》の目のような穴がいくつも開いており（雨水が入る穴だろう）、『地上』の様子をうかがうのにとても役立った。僕は時おり上を見て現在地を確かめながら、黙々《もくもく》と腕を動かした。

そうやって三十分ほど進むと、やがてオーヴァル駅前商店街に差しかかった。魚屋さんの看板が見えたので、今は商店街の東の区画だ。女神像のある噴水《ふんすい》広場まではあと五百メートルくらいだろうか。そういえば、三ヶ月前はこの魚屋さんでお魚をまるまる一匹《ぴき》仕入れたんだっけ。ビル・ラビル鍋《なべ》を博士に作るために。

僕は右腕だけでほふく前進を続ける。両腕のときよりも体を動かしやすいのが皮肉だった。今なら、長さの違《ちが》う左腕が地面と擦《こす》れないで済む。

視界はかなり悪い――というより、もうほとんど何も見えない。右目は失明、左目はガラスの破片のように切り取られた景色が小さく見えるだけだ。ここが通いなれたオーヴァル商店街でなければとっくにお手上げである。そう、まだツキはあるんだ。女神様は僕を見放してはいない。

排水溝の上を、商店街の買い物客が時々通過していく。僕はそのたびに息を殺してじっとやり過ごす。もし見つかったら、この姿では誰《だれ》もアンヴレラ邸《てい》のメイドロボットだとは信じてくれないだろう。お肉屋さんの看板がちらりと上空に見える。そうだ、ここも三ヶ月前に買い物したな。あのときは確かビーフスープ用のお肉を買った。この先の八百屋さんではベリオル産の長ネギを買ったっけ。何もかもが懐《なつ》かしい。

僕は帰ってきたんだ。

八百屋さんの角を曲がると、いよいよメインストリートに出る。まっすぐ行けばヴィーナス噴水《ふんすい》広場。噴水の真ん中に博士そっくりの女神像がある場所だ。リリスの教えてくれたジャンク屋は、その途中《とちゅう》、メインストリートの中ほどにあるはずだった。

だからあと、五十メートル。

僕は最後の直線を進むべく、右腕《うで》をぐっと前に伸《の》ばした。

そのときだった。

——！

突然《とつぜん》、体がガクッと重くなった。

まずい。バッテリーが。

急がないと。

はやく、はやく。

あと三十メートル。

もうすぐ、もうすぐだ。

あと二十メートル。

腕を動かすひとかき、ひとかきが、重くて、苦しい。

あと十メートル。

腕が痛み、胴《どう》がきしみ、キイキイと体中から悲鳴が上がる。

動いて僕の体。あと少し、あとほんの少しでいいの。

あと五メートル。あと三メートル。あと……。

よし、着いた！

僕は頭上にある排水溝《はいすいこう》の蓋《ふた》をはずした。ずるり、ずるりと右腕だけで体を持ち上げ、外に出る。

そして僕は、思い知る。

最初からそれが偽《いつわ》りの希望だったことを。

「……エ？」

そこにジャンク屋は、なかった。

ずらりと並ぶ商店街の中で、一本だけ抜《ぬ》けた前歯のように、そのスペースだけが四角く消失していた。

——今日午後一時ごろ、
いつか見たニュースが。

——オーヴァル駅前のヴィーナス噴水広場にて、

キャスターの声が。

――ロボットが突然《とつぜん》暴れ出す事件がありました。

うつろに僕の中に響《ひび》いた。

僕は真相に気づき、愕然《がくぜん》とその場で虚空《こくう》を見つめる。

――嘘《うそ》だ。

何度見ても、そこには何もない。平らにされた敷地《しきち》に、わずかな雑草。それだけしかない。

――嘘でしょ？

右隣《どなり》はクリーニング店、左隣は文具店。どちらもシャッターが閉じられている。もう疑いようも否定しようもなく、目の前の更地《さらち》が地図で丸をつけられた目的地だった。

そしてニュースキャスターの言葉が、僕の中で、ある言葉と重なる。

――付近の『中古品販売店』で作業中の大型ロボットが――。

中古品販売店――ジャンク屋。

――まさか。

このとき、僕の中で絶望的な真実が確定した。

リリスの言う『ライトニング』は、いつかニュースで見たあのロボットだったのだ。暴走して、店を破壊《はかい》して、噴水《ふんすい》広場の前で熱線銃《ねつせんじゅう》を浴びてバラバラにされた、あの大型ロボットが彼だったのだ。

あのとき掲《かか》げられた生首《なまくび》こそが、ライトニングだったのだ。

【battery=00:05:36】

存在しないジャンク屋を前にして、僕は硬直《こうちょく》していた。

どうしていいか分からない。

最後の希望にすがって、ここまで重たい体を引きずって必死にやってきたのだ。

そこから先なんて考えているわけがない。

追《お》い討《う》ちをかけるように『雨』はますますひどくなった。目の前を覆《おお》う無数の白線はいっそう激しさを増し、わずかに残っていた視界の破片も、かすかに聞こえていた音も、すべてを押し流していく。

追い詰《つ》められた僕は、ざりざりと道路に頭を擦《こす》りつける。

どうしよう。リリス、どうしよう。

今から引き返す？　無理だ。とてもじゃないがそんな余力はない。それに戻《もど》れたところでバッテリーがなければただ死を待つだけだ。そうだ、バッテリーだ。何をおいてもまずはバッテリーを――。

そこで僕の体はぶるりと震《ふる》え、あることに思い当たる。

そうだ、アンヴレラ邸《てい》だ。あそこに行けばバッテリーがある。修理だってできる。あれから三ヶ月。果たして中に入れるだろうか。それ以前に取り壊《こわ》されていないだろうか。

僕は迷いを振《ふ》り切るように首を振る。考えている場合ではない。もうあそこしか頼《たよ》れる場所はない。行くんだ。行くしかないんだ。

僕は疲《つか》れた体に鞭《むち》を打ち、最後の力を振り絞《しぼ》って腕《うで》を持ち上げる。残されたかすかな希望に向かって、腕を伸《の》ばして、路面を掴《つか》んだ。

しかし。

——警告。

ピーッという発信音が僕の精神回路内《マインド・サーキット》に響《ひび》いた。それはまるで心拍《しんぱく》が停止したときの心電図。

久々に聞いた抑揚《よくよう》のない電子音声は、最悪の知らせだった。

——アト五分デ、バッテリーガ切レマス。スミヤカニ充電《じゅうでん》ヲ開始シテクダサイ。

それは死の宣告。余命五分の、容赦《ようしゃ》のない告知。

ひどいよ。こんなのってないよ。僕は右腕で路面を叩《たた》く。悔《くや》しさとふがいなさで、怒《いか》りに似た感情が湧《わ》き上がる。

それでも僕は右腕を伸ばした。一縷《いちる》の望みにすがるように、道路に爪《つめ》を立てるようにして、ぐぐっと体を前に引き寄せる。下半身のない体からはまたチューブがはみ出る。それが道路との摩擦《まさつ》でギイイッ、と嫌《いや》な金属音を出す。僕はそれでも腕を伸ばす。何度も、何度でも伸ばす。

――アト三分デス。スミヤカニ充電ヲ開始シテクダサイ。

時間は容赦なく過ぎる。刻一刻と腕が重くなり、体が動かなくなる。空から強い力で押さえつけられているような重圧感。それでも僕は、片腕だけのほふく前進を続ける。

――アト二分デス。スミヤカニ充電ヲ開始シテクダサイ。

雨がますますひどくなる。土砂降《どしゃぶ》りどころではない。嵐《あらし》だ。すべてを掻《か》き消す大嵐だ。僕の動きがほとんど止まる。時間だけが過ぎていく。

――アト一分デス。スミヤカニ充電ヲ開始シテクダサイ。

僕の中で急激に気力と体力の炎《ほのお》が小さくなっていく。絶対に助けると誓《ちか》ったリリスとの約束が、まるで遠い過去のようにぼんやりと輪郭《りんかく》を失い、体の奥底から魂《たましい》が根こそぎ刈《か》り取られる。

あと四十秒、三十秒、ああ、二十秒、十秒――。

――バッテリー終了《しゅうりょう》。システム、ダウン。

ああ、終わる、終わる、消える、消える、僕の命が、リリスの命が、嫌だ、嘘《うそ》だ、そんな、こんなところで、僕は、僕は。

心が折れる、そのときに。

その声は雷鳴《らいめい》のごとく僕の中に轟《とどろ》いた。

――アイリス・レイン・アンヴレラ！

凛《りん》とした、力強い声で、

——甘ったれてんじゃないわよ！

彼女は僕を揺《ゆ》さぶった。

——さあ、行きなさい！　はやく！


「ウアアアアアアアアアッ!!」


僕は叫《さけ》んでいた。獣《けもの》のごとき咆哮《ほうこう》だった。自分の声じゃないみたいだった。

そして体内のわずかな残り火を掻《か》き集めて、僕は右腕《うで》を振《ふ》り上げた。

それからだった。

ギアが切り替《か》わるように、僕の中で急速に何かが回転し出した。一度はダウンしたシステムがうなり声を上げて覚醒《かくせい》し、精神回路《マインド・サーキット》が熱く、熱く、熔解《ようかい》しそうなほど燃焼し、体の奥底からエネルギーのマグマが噴《ふ》き上がる。そのマグマは勢いのままに僕を突《つ》き動かす。

僕は空を殴《なぐ》るように右腕を振り上げ、それから力いっぱい振り下ろして自分の全体重を路面に叩《たた》きつける。指先に渾身《こんしん》の力を込めて、体を前に引き寄せる。

——アイリス！

リリスの言葉が僕を力強く後押しする。

——もっと強くなりなさい！

体が路面に擦《こす》れて火花が散る。

——一人でも生きる強さを身につけなさい！

そうだ！　強くなれアイリス・レイン・アンヴレラ！

僕は力任せに腕を振り上げる。前に、前に、少しでも前に腕を伸ばし、路面を、未来を、彼女との誓《ちか》いを掴《つか》み取る。

——世の中は甘くないわよ！

嵐《あらし》が吹《ふ》きすさぶ中、僕はすべてを懸《か》けて、おのが未来に向かって、渾身の力で腕を伸ばす。

——弱気になったらすぐにスクラップなんだから！

オーバーヒートした僕の体内で、思考が混乱し、データが錯綜《さくそう》し、思い出のアルバムを破り散らしたように、記憶《きおく》の断片が舞《ま》い散る。砕《くだ》け散った記憶のガラスは僕の人生を幾重《いくえ》にも切り取り、博士との幸せな日々、突然《とつぜん》の別れ、もがれる四肢《しし》、変わり果てた僕、廃材《はいざい》、胃、腸、リリス、ボルコフ、脱走《だっそう》、レーザー、炎《ほのお》の巨人《きょじん》——すべてが僕の体を激しく突き上げ、背中を押す。

だが次の瞬間《しゅんかん》。

——え？

記憶のガラスは色を変え、反転し、僕に向かって悪意を持って突き刺《さ》さり出した。それは僕の中の封《ふう》じられていた記憶——見知らぬ家、見知らぬ家族、殴られ、蹴《け》られ、壊《こわ》され、燃やされ、逃《に》げ出して、逃げ出して、自動車が、ああ、腕《うで》が飛び、脚《あし》がもげ、ひしゃげて、潰《つぶ》れて、雨が降り出して、一人ぼっちで、寂《さび》しくて、なんだこれは、見たこともない、記憶《きおく》、感触《かんしょく》、痛み、悲しみ、そのすべてが僕の中で攪拌《かくはん》され、凝縮《ぎょうしゅく》され、噴《ふ》き出して、流れ出し、ああ、嫌《いや》だ、こんなに寒いのは嫌だ、こんなに寂しいのは嫌だ、どうして忘れていたんだろう、どうして思い出したんだろう、僕は逃げ出したんだ、あの家から、僕を傷つけるあの家から、逃げて、逃げて、体を引きずって、引きずって、車に轢《ひ》かれて、それでも引きずって、そうだ、あの、雨の日に、僕は、僕は、僕は、あの人にあの人にあの人に。

そのときだった。

唐突《とうとつ》に。

本当に、唐突に。

誰《だれ》かが時間を止めて、僕だけを世界から切り離《はな》したように。

雨がやんだ。

【battery=00:00:00】

あらゆる音声を掻《か》き消していたあの嵐《あらし》が、消えた。
僕は重い首を持ち上げて周囲の様子をうかがう。
いったい何が起きたのか理解が追いつかない。
すべての色が奪《うば》われたような真っ白な世界。
すべての音が失われたような静寂《せいじゃく》の世界。
どこまでもひろがる雪原のような世界。
そのまぶしいほどの銀世界の果てに、

博士が立っていた。

なんで。どうして。僕は目を疑う。
これは夢か。白昼夢なのか。

でも博士が。僕の博士が、たしかに、そこに立っている。僕を見て微笑《ほほえ》んでいる。

僕は脱力《だつりょく》する。安堵《あんど》する。体の奥深いところが満たされ、恍惚《こうこつ》とした表情で博士を見つめる。

ああ、博士。生きてらしたんですね。それならそうと、早く言ってくれればいいのに。

博士、待っててくださいね。今、そこまで、行きますから。

それにしても、博士。なんだか今日はいつもと様子が違《ちが》いますね。

どうして今日は、眼鏡をかけてないんですか。家に忘れてきたんですか。

どうして今日は、いつものシガレットケースを持ってないんですか。あ、僕が持ってるんでしたっけ。じゃあ今お返ししますね。

どうして今日は、そんなに白いお洋服なんですか。いつもの白衣とも違いますね。そんな服、ウチにありましたっけ。

それに、それに、博士、博士——

どうして今日は、噴水《ふんすい》の真ん中に立っているんですか？

【終章】

手紙

「アイリス、私は
あなたのことが大好きです」
（ウェンディ・フォウ・アンヴレラ）

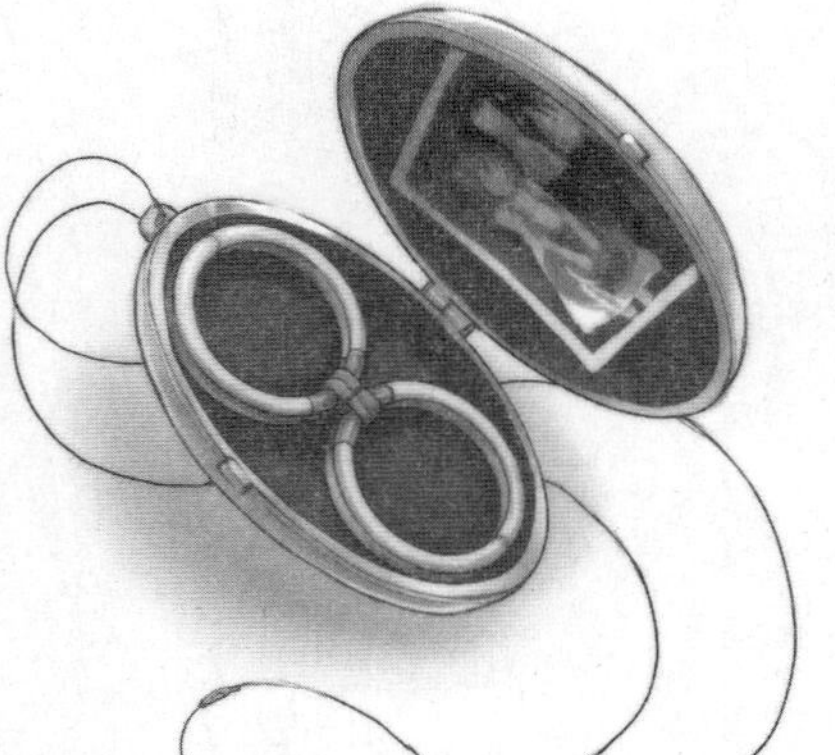

○八月十日付『デイリー・オーヴァル』夕刊《ゆうかん》一面より抜粋《ばっすい》

□国防軍、脱走《だっそう》ロボットを鎮圧《ちんあつ》

九日深夜に発生したRL総合建築株式会社のロボット脱走事件は、最終的には国防軍の出動によって事態が収拾された。

オルビット市の郊外《こうがい》で抵抗《ていこう》を続けていた大型ロボットも、軍の攻撃《こうげき》によって無事に鎮圧された。その後の調査により、このロボットはかつて北方戦線に投入された軍事用ロボット『F－110型』だったことが判明した。『ウロボロス』の異名をとった機甲兵団《きこうへいだん》の主力ロボットだ。

なぜ、廃棄《はいき》されたロボット兵器が建築現場で使用されていたかについては、RL総建は公式声明を出していない。また『F－110型』の開発に携《たずさ》わった軍当局、およびロボットメーカーのガロッシュ社では、責任問題に発展することが必至だ。……

○八月十四日付『デイリー・オーヴァル』社会面より抜粋

□紙片は児童文学と判明

九日に起きたRL総建のロボット脱走事件について、十三日午後、軍の広報課から発表があった。

事件当日、最後まで抵抗していた大型ロボット『F－110型』の体が爆発《ばくはつ》した際、現場には大量の紙片が舞《ま》い散った。この紙片が何なのかが事件との関係で注目されたが、このたびの発表で明らかになった。

紙片は元々、複数の書籍《しょせき》だった。焼け残った紙片に残された文字から、それが十年前に発表されたサンディ・ウインドベル氏の児童文学『三流魔神《まじん》ウェザー・ダーク』（全八巻、ヘクト社）であることが判明した。

これが今回のロボット脱走事件とどう関係しているのかは、目下《もっか》のところ調査中である。

○八月十六日付『オーヴァル・タイムス』コラム欄《らん》より抜粋《ばっすい》

□当世ロボット考〈第三十五回〉『あるロボットの最期《さいご》』

十日の早朝のことだ。

オーヴァル駅前のヴィーナス噴水《ふんすい》広場で、リングシガレットを吹《ふ》かしながら始発列車までの待ち時間を潰《つぶ》していた男性は、ある奇妙《きみょう》な光景を目撃《もくげき》することになった。

女神像の前で、一台のロボットが行き倒《だお》れになっていた。

それだけならよくある話だが、今回特に珍《めずら》しかったのは、ロボットがそうなるまでの経緯だった。

その行き倒れロボットは、上半身しかなく、下半身は爆発《ばくはつ》に巻き込まれたように無残にちぎれていた。胴体《どうたい》には頭部と右腕《うで》一本しかついていなかった。

しかしロボットは、ほふく前進のように腕だけで体を引きずり、商店街のメインストリートを通って女神像に向かっていった。そして百メートルほどの距離《きょり》を十分以上もかけて、噴水の中央にたどり着くと、女神像の足元に何かを差し出した。それは銀色のシガレットケースだった。ロボットはその後、女神像と会話をするみたいにぼそぼそと独《ひと》り言《ごと》をつぶやいたあと、バッテリーが尽《つ》きたのか、そこで動かなくなったそうだ。

私はこの話を聞いて、五月に不慮《ふりょ》の事故で亡《な》くなられたロボット工学の権威《けんい》・アンヴレラ博士のある講演を思い出した。博士は、暴走事件の際に生じる現象の一つとして、ロボットが『幻覚《げんかく》』を見ている可能性を指摘《してき》していた。愛する主人を追い求める強い気持ちが、ロボットに幻覚を見せるのだ、と。

博士が亡くなって以降、その説を裏づける証拠《しょうこ》はいまだ出ていないが、それでも私は博士の説に強い興味を覚える。今回取り上げた噴水広場のロボットも、きっと最後の瞬間《しゅんかん》に幻覚を見ていたのではないだろうか。もしアンヴレラ博士が生きていたら、ぜひご意見を拝聴《はいちょう》したいものだ。……

（中略）

なお、ロボット管理局オーヴァル支部に問い合わせたところ、このロボットの残骸《ざんがい》はすでに廃棄《はいき》処分になったそうである。

（文責　カレン・クラウディ）

○遺品整理中に発見されたアンヴレラ博士の手紙

愛《いと》しいアイリスへ

この手紙をあなたが読んでいるということは、私はすでにこの世にいないのでしょう。

……なんて思わせぶりな書き出しは、ドラマみたいで照れますね。

あなたに改まって手紙を書くなんて、やっぱり何か変な気持ちです。

でも、直接話そうとしたら、いろいろと感情的になってしまいそうだし（何より恥《は》ずかしいし）、やっぱり手紙を書くことにします。


まず最初に。

実は、あなたを造ったのは私ではありません。

私は今まで、あなたを三年前に開発したと説明してきましたが、これは私の嘘《うそ》です。

ごめんなさい。

でも、嘘をついたのには訳があります。

私とあなたは、三年前に出会ったのです。

その日の夕方、私が自宅まで帰ると、正門のアーチの前に見知らぬロボットがうずくまっていました。

それがあなたです。

初めて見たとき、あなたはまるでスクラップにされた鉄の塊《かたまり》のようでした。右腕《うで》と左脚《あし》がちぎれていたし、腹部からはチューブや回路がはみ出していました。人工皮膚《ひふ》もほとんどが剝《は》がれ落ちていました。

だから私は最初、あなたを無視して通り過ぎようとしました。

とても気味が悪かったし、どうせ最近増えているロボット産廃《さんぱい》の不法投棄《とうき》だと思ったからです。あとでロボット管理局に連絡《れんらく》して回収させようと、そのときは思いました。

でも、私がアーチをくぐろうとしたとき、あなたはこう言ったのです。

「姉さん……」と。

私はびっくりしました。

あのときは妹が亡《な》くなって半年になろうとしたころでした。

そして、あなたの声は、妹のアイリスによく似ていたのです。

いや、今思えば、私が勝手にそう思い込んだだけかもしれません。妹を失ってから、ずっと寂《さび》しくて、そのことを思い出してはめそめそと泣いていましたから。

とにかく、そのときの私には、あなたのことが猫《ねこ》みたいに体を丸めて凍《こご》えている妹の姿に見えました。

気がつくと、私はあなたに傘《かさ》を差しかけていました。あなたの体が、これ以上濡《ぬ》れないように。

そして私はあなたを家まで運び入れました。背負ったとき、あまりに軽かったのは、あなたの体がほとんどの主要なパーツを失っていたせいでした。メインの回路はまったく機能しておらず、腹部には自動車に轢《ひ》かれたような痕《あと》がありました。特に精神回路《マインド・サーキット》は損傷がひどくて、いまだに過去の記録を再生できないままです（あなたに昔の記憶《きおく》がないのはそのためです）。

修理する際に、私があなたを『アイリス』と名づけ、妹と同じ姿にしたのには訳があります。あなたも知ってのとおり、この国には『ロボット登録制度』があります。ロボットの所有者を管理局に登録することで、ユーザーの権利と責任を定める、いわばロボットの戸籍《こせき》のような制度です。

私は当然、あなたの所有者登録を調べました。すると、とある資産家の名前が出てきました。その人は相当なお金をかけたのでしょう。あなたの体は、精神回路からボディの各部に至るまで、とても高価な部品で造られていました。しかし一方で——これは書こうかどうか迷いましたが、やはりあなたには真実を知る権利があると思うので、書いておきます。

発見されたとき、あなたの体には無数の、本当に無数の虐待《ぎゃくたい》の痕がありました。鈍器《どんき》や刃《は》物《もの》で意図的に傷つけられたとしか思えない傷が、全身のいたるところに付いていました。それはたいへん執念《しゅうねん》深い、狂気《きょうき》を感じさせるものでした。今でもその傷痕を思い出すと背筋が寒くなります。私がメンテナンスのときに、あなたの皮膚《ひふ》を細かくチェックするのも、実はこれが理由です。ちょっと時間が経《た》つと、あなたの体には『昔の傷』が浮かび上がってくるのです。これはロボット工学的には前例のない現象で、真相は今もって研究中です。

私は恐《おそ》れました。あなたの前の所有者が、もしかしたらあなたを奪《うば》い返しに来るかもしれない。そしてまたあなたをこんなひどい目にあわせるかもしれない。でも向こうに管理局の登録名義がある以上、あなたを巡《めぐ》って裁判になれば私の敗訴《はいそ》は確実です。

だから私は『遺族所有登録制度』を利用しました。亡《な》くなった肉親を模倣《もほう》して造られたロボットは、ユーザーが存命中である限り競売や没収《ぼっしゅう》の対象にならない、という制度上の法的効果を狙《ねら》ったのです。これなら相手も手出しができないし、警察の調査対象からも外れます。

あなたにとっては、今の妹の姿は不快かもしれません。亡くなった妹の代わりに造られたことで、胸を痛めているかもしれません。

でも、これだけは信じてください。私はあなたを妹の代用品だと思ったことは一度もありません。本当です。私にとってあなたは世界でただ一人のアイリスなのです。

長くなりましたが、あと少しだけ。

私は今まで、妹の死因をトラックとの衝《しょうとつ》突事故だと説明してきました。これは事実と少し違《ちが》います。

正確には、私と妹が乗っていた自動車は、トラックではなく暴走したロボットに激突されたのです。そして助手席に乗っていた妹だけが亡《な》くなりました。

私が暴走ロボットの研究を始め、司法解体にも積極的に立ち会うようになったのは、そのためです。妹と同じような被害《ひがい》者を出さないために、研究者として少しでも貢献《こうけん》したいと思ったからです。

いま、この手紙を書いているのも、この暴走ロボットの研究が非常に危険だからです。暴走したロボットというのは非常に不安定で、いつどんな形で『不幸な事故』が起こるか予測がつきません。もちろん安全対策は十分にしますが、やはりまだ科学的にも未知のことが多い分野です。だから万一のことを考え、あなたに遺書を――この手紙を書こうと思い立ったのです。


それと、これはアイリスにお礼。

あなたも知っていると思いますが、私のライフワークは暴走ロボットの研究の他《ほか》に、もう一つあります。それは、行《ゆ》き倒《だお》れになったロボットを助ける仕事です。

これは、あなたに出会ってから始めたことです。以前の私は、行き倒れのロボットを見ても素通《すどお》りしていました。妹を事故で失ってからはなおさら仕事以外ではロボットに近寄らないようにしていました。

　でも、あなたといっしょに暮らすようになってから、私は変わりました。街中で倒れているロボットを見つけると、どうしても、あなたに会ったときのことを思い出してしまうのです。だから助けずにはいられなくなるのです。

　それが、あなたに出会って、あなたに救われた、私の生き方です。


　愛《いと》しいアイリス。私から、ささやかだけど、プレゼントがあります。

　あなたの体は、残念ですがもうそれほど長くは持たないはずです。皮膚《ひふ》に浮かび上がるアザや傷痕《きずあと》は、これからますますひどくなっていくと思います。

　だからそのときのために、あなたには『スペア』の体を用意しました。いざというときには、今の体をスペアと交換《こうかん》してください。あなたが長く、幸せに暮らしていくことが、私にとって一番の望みです。

　その他にも、修理やメンテナンスなど、何か分からないことがあったら、同僚《どうりょう》のラルフ・シエルを頼《たよ》ってください。

　彼は信頼《しんらい》できる人です。彼ならきっとあなたの力になってくれるはずです。


　今、こうしている間も、しとしとと雨が降っています。

あなたと初めて出会ったのも、寒さが染《し》み入るような、こんな雨の日でした。

あの雨の日に、アイリス、あなたに出会えたことを、私は女神様の導きだと思っています。

そうそう、あなたは私のことを、女神像に似てるってよく言ってましたね。

あの女神像にシガレットを吸わせてみたら、きっと面白《おもしろ》いでしょう。

今度、二人でいたずらしてみましょうか。女神像の首に、シガレットケースをぶらさげてみたり、とか。でもバチがあたるかな。これって非科学的？


それでは、このくらいで。

なんか、涙《なみだ》がたくさん出てきて、ずいぶんと手紙が濡《ぬ》れてしまってごめんなさい。

明日は、あなたと映画を見に行く予定です。ホラー映画だから、あなたはきっと大騒《おおさわ》ぎするでしょう。フフフ、楽しみ。


あと、最後にどうしても、一言だけ。

アイリス、私はあなたのことが大好きです。

ウェンディ・フォウ・アンヴレラ

○ラルフ・シエルの再起動実験

寝台《しんだい》に横たわった少女の美しい肢体《したい》を見つめ、ラルフはひとつ、息を吐《は》いた。

——長かったな。

三ヶ月前のあの日、ラルフはこの少女に電話で訃報《ふほう》を知らせた。それが今は、ひどく昔のことのように思える。

実験室の隅《すみ》にある透明《とうめい》のケースには、頭部と右腕《うで》だけのロボットの残骸《ざんがい》。これを回収するために彼は長期休暇《きゅうか》を取って必死に駆《か》け回った。その甲斐《かい》あって、ロボットの命ともいうべき精神回路《マインド・サーキット》を先日やっと取り戻《もど》すことができた。

彼は疲《つか》れた体に鞭《むち》打ち、最終チェックを済ませる。それから電力を供給するスイッチを入れた。

ぎくん、と少女の白い胸が大きく持ち上がり、また元に戻る。

ラルフはその様子をじっと見つめる。

——やはり、あの人は天才だ。

少女の白い頬に少しずつ赤みが差していく。こういう細部に至るまで、このロボットは本当に精緻《せいち》に造られている。人工皮膚《ひふ》が自然に赤く染まる仕掛《しか》け一つを取っても、現代ロボット工学の枠《すい》が凝縮《ぎょうしゅく》されている。

「ん……」

やがて、少女からかすかに声が聞こえた。

ラルフは椅子《いす》から立ち上がり、寝台《しんだい》に近づく。少女の瞼《まぶた》がゆっくりと開かれ、透《す》き通るようなスカイブルーの瞳《ひとみ》が光を宿す。色は違《ちが》っても、その深い色合いの瞳に、ラルフはどうしても亡《な》きアンヴレラの影《かげ》を見てしまう。このロボットは彼女の妹をモデルにしているのだから、それは当然といえば当然かもしれない。

自分にとって、アンヴレラという女性の存在がどれほど大きかったか。そのことをラルフは彼女が亡《な》くなって改めて思い知らされた。ラルフが十五歳《さい》で研究所に入り、まだ見習いにすぎなかったころに初めて彼女に会ったときから、アンヴレラという女性は師であり、憧《あこが》れであり、手の届かない高嶺《たかね》の花であった。それゆえに、彼女から実験助手に抜擢《ばってき》されたときは、人生のすべてが薔薇《ばら》色に輝《かがや》き、神の存在を信じたものだ。

しかし、ラルフは彼女に好意を寄せながらも、結局自分の想《おも》いを告げることはとうとうなかった。それは彼女の琥珀《こはく》色の瞳に自分など映っていないことを、彼自身が一番よく知っていたからだ。彼女の瞳にずっと映っていたのは、この少女——認識《にんしき》番号HRM021‐α《アルファ》だった。

「はか……せ？」

少女は冷たい寝台の上で、静かにつぶやいた。

今さらこの少女を蘇《よみがえ》らせたところで、自分にとって何の意味があるんだろう？　ラルフはそう自問自答する。でも答えは決まっている。ラルフはアンヴレラ博士を愛していた。心の底から尊敬していた。だから博士が愛したこの少女も、見捨てることなどできなかった。

「分かりますか？」

ラルフは静かに、穏《おだ》やかな声で尋《たず》ねる。

少女はふっくらした桃《もも》色の唇《くちびる》をゆっくり動かし「はい……」と小さな声で答えた。ラルフはそのつややかな響《ひび》きの声を聞き、やっぱりアンブレラ博士に似ている、と思った。

「まだ動作制御回路《コントロール・サーキット》の起動中なんです。三十分もすれば動けるようになりますから、あと少し待っててくださいね」

少女は一回だけ瞬《まばた》きをして、わずかに顎《あご》を下げてうなずいた。

そしてこうつぶやいた。

「雨が……やんでる……」

体を動かせるようになると、少女は寝台の上で上半身を起こし、質問した。

「僕は……どうして、ここに？」

少女は青く深い瞳でラルフを見つめた。

ラルフはそこであることに気づいた。以前会ったときと比べ、少女の瞳《ひとみ》の色が微妙《びみょう》に変わっていることに。少女の瞳は、元の鮮《あざ》やかな空色に、新たに力強い群青《ぐんじょう》が加わって深みのある色合いになっていた。嵐《あらし》が過ぎたあとの青空のような美しい瞳だった。

「まず、これをどうぞ」

ラルフは少女に手鏡を渡《わた》した。少女は鏡を覗《のぞ》き込むと、とても驚《おどろ》いた顔をした。肩《かた》までかかる栗《くり》色の髪《かみ》、雪のような白い頬《ほお》、スカイブルーの瞳。そこには十五歳《さい》の少女——アイリス・レイン・アンヴレラの姿が映っていたからだ。

「では、いきさつを話しましょうか」

そう言ってラルフは少女の枕元《まくらもと》に椅子《いす》を置いた。それから、ここに至るまでの経緯をゆっくりと説明し出した。

アンヴレラ博士が亡《な》くなったあと、ラルフは博士の遺品整理を任された。そして研究所に残された膨大《ぼうだい》な資料や書籍《しょせき》の中に、彼は博士の『遺書』を見つけた。正確には遺書の草稿《そうこう》で、まだ未完成だったらしく、封《ふう》などはされていなかった。博士の死から三日後のことだった。

彼は改めてアイリスのことが気になり、アンヴレラ邸《てい》に連絡《れんらく》をしたが、すでに彼女はロボット管理局の役人に連れていかれたあとだった。彼自身、まさかこんなに早く管理局が動くとは思わず、まったくの不意打ちだった。

ラルフはすぐにアイリスの行方《ゆくえ》を追った。しかし、ロボット管理局は守秘義務を盾《たて》になかなか彼にアイリスの情報を渡《わた》さなかった。結局、スクラップになったアイリスに彼が追いつくことはなかった。

いったんはアイリスのことをあきらめかけたラルフに、その奇妙《きみよう》な情報が飛び込んできたのは、博士が亡くなって三ヶ月もしたころだった。ヴィーナス噴水《ふんすい》広場で行《ゆ》き倒《だお》れのロボットが見つかり、なぜかシガレットケースを女神像に捧《ささ》げていた――という情報が、知り合いの新聞記者カレン・クラウディから寄せられたのである。

博士の遺書の内容を思い出し、直感的に何かを悟《さと》ったラルフは、そのロボットの行方を追った。その後、彼の熱心な説得が功を奏し――といっても一定額の金銭の支払《しはら》いが決め手となって――廃棄《はいき》処分名目ではあったが、管理局からロボットの残骸《ざんがい》を引き取ることができた。シガレットケース内に貼《は》られていた博士とアイリスの写真を見つけて、ラルフの直感は確信に変わった。

こうして彼は、ようやくアイリスの体を取り戻《もど》すことができたのだった。修理が短期間で終わったのは、博士がアイリスの体の『スペア』を準備していたからだった。

「……それで、これがアンヴレラ博士の遺書です」

ラルフはアイリスに、水色の封筒《ふうとう》に入った一通の手紙を差し出した。彼女は震《ふる》える手でその手紙を受け取る。そして『愛《いと》しいアイリスへ』の書き出しで始まる、その手紙を読んだ。

○

わずかに時間をおいてから、ラルフは説明を再開した。

「……アンヴレラ博士の遺産に関しては、すべてあなたのものです。ただ、ロボットの財産所有はまだ法的に認められていないので、ウチが——オーヴァル大学第一ロボティクス研究所が管理することになります。それで……」

彼の説明に、アイリスはひたすら黙《だま》ってうなずいていた。

すでに、彼女の顔は泣きはらしてぐずぐずになっており、手の中の遺書にはひっきりなしに涙《なみだ》の粒《つぶ》が落ちていた。涙に濡《ぬ》れた彼女のスカイブルーの瞳《ひとみ》を見て、なんて美しいんだろう、とラルフは思った。

「そうだ、ちょっと待っててください」

必要な説明を一通り終えると、ラルフはいったん席を立った。

五分ほどして彼が戻《もど》ってくると、アイリスはベッドから下り、白いカーテンを巻きつけたような薄《うす》い布地一枚だけの姿で壁際《かべぎわ》に立っていた。彼女の前にはおよそ一メートル四方の透明《とうめい》なケースがあり、その中にはロボットの残骸《ざんがい》——彼女の『前の体』が安置されていた。頭部と右腕しかない、廃棄《はいき》寸前の鉄クズのような体。

「触《さわ》っても……よろしいでしょうか？」

彼女は遠慮《えんりよ》がちにラルフに尋《たず》ねた。「ええ、もちろん」とラルフはスイッチを押して透明なケースを開けた。

アイリスはしばらく、まるで眠《ねむ》りについたわが子を慈《いつく》しむように、そっとロボットの頬《ほお》のあたりを撫《な》でていた。それから体を曲げてロボットの残骸を優《やさ》しく抱《だ》き、こうつぶやいた。

「おつかれさま……」

涙が彼女の白い頬をつたい、ロボットの胸に落ちた。

ラルフはその姿を静かに見つめていた。ロボットの残骸を抱きしめて泣く少女の姿は、どこか現実離《ばな》れしていて、胸をしめつける哀惜《あいせき》に満ちた不思議な情景だった。三年前にアンヴレラ博士がこの少女を——ＨＲＭ０２１‐α《アルファ》を修理しようと抱き上げたときも、きっとこんな感じだったのではないだろうか。

ロボットを抱きしめていた両腕を、アイリスが別れを惜《お》しむようにゆっくり解くのを待ってから、ラルフは尋《たず》ねた。

「それで……さっき取りに行ったのは、これなんですが」

彼の手には、機械油で真っ黒に汚《よご》れたカードケースが握《にぎ》られていた。

「このカードケースが、今触《さわ》っていた『その体』の胸部に入ってましてね。中身は別名義のキヤッシュカードと地図だし、これはいったい……」

その瞬間《しゅんかん》、アイリスの表情は急変した。

スカイブルーの瞳《ひとみ》が大きく見開かれたかと思うと、彼女はカードケースをひったくるように手に取り、すぐにケースの蓋《ふた》を開けた。蓋の裏側《がわ》には十二、三歳《さい》くらいの少女と、その両親らしき男女の写真が貼《は》られている。

「あの！」

唐突《とうとつ》に、彼女は大声で叫《さけ》んだ。そしてラルフの両肩《かた》を掴《つか》み、勢い余って口づけせんばかりに、ぐいっと顔を近づけた。ラルフは驚《おどろ》いた顔で「な、なんですか？」とのけぞる。

「僕を回収して、どれくらい経ちますか!?」

ラルフは面食らった顔のまま、「え……二週間、くらいでしょうか……」と答えた。

「二週間……」アイリスはケースをギュッと握《にぎ》りしめたあと、意を決したように顔を上げた。

「僕、行ってきます！」

そう叫《さけ》ぶと、彼女は薄《うす》い布地一枚だけの姿で、ドアを勢いよく開けて走っていった。

ラルフは呆然《ぼうぜん》とその場に立ち尽《つ》くし、それから慌《あわ》てて彼女を追いかけた。

僕は裸足《はだし》で走り出した。後ろからラルフさんが何か叫んだが、すでに聴覚《ちょうかく》感知範囲《はんい》を超《こ》えている。

バッテリー残量は充分《じゅうぶん》だ。手足の駆動《くどう》機系統が若干《じゃっかん》ぎこちない感じがするが、かまってなどいられない。

あれから二週間。

◯

──神様！　ああ、神様！

僕は祈《いの》った。博士そっくりの女神様に祈った。そしてとにかく走った。百メートルを九秒ジャストのタイムで疾走《しっそう》する。まるで愛《いと》しい博士を正門まで迎《むか》えに行くときみたいに、ひたすら脚《あし》を動かす。着ているのが白い布切れ一枚だけどそんなことは気にしない。

研究所からアンヴレラ邸《てい》までは近い。女神像のある噴水《ふんすい》広場も近い。

そして彼女のいる場所も近い。

僕は走りながら、データベース内の市内地図を検索《けんさく》する。すばやく記憶《きおく》データと地図データを照合する。噴水広場までの排水溝《はいすいこう》、それを逆にたどれば、彼女のもとまでつながるはずだ。

やがて僕は商店街にたどり着く。「あれ、アイリスちゃん!?」といつもの魚屋さんが驚いた顔。僕はにっこり笑って手を振《ふ》り、走り続ける。

あの女神像がだんだんと見えてくる。周囲のベンチには談笑するお年寄り、はしゃぎ回る子供、愛を語らう恋人たち。僕の大好きな光景だ。その先にはジャンク店の跡地《あとち》。思えば二週間前は、ここでバッテリーが切れたんだ。でも今は大丈夫《だいじょうぶ》。角を曲がって、さらに走って、住宅街を抜《ぬ》けて——。


そして僕は、ついに『あの家』にたどり着いた。

敷地《しきち》に入ると、玄関《げんかん》先には何かを引きずったような溝《みぞ》が残っていた。これは僕のつけた跡。玄関から裏庭に入ると、あちこちに引きちぎられたチューブが転がっていた。これは僕の体。

それから僕は、膝《ひざ》をつき、這《は》いつくばるようにして茂《しげ》みの中を探した。

恐《おそ》る恐る、探した。

神様。

ああ、神様、ありがとう。


「リリス……」

そこには、眠《ねむ》るように目を閉じた少女が、あのときの姿のままで、僕を待っていた。

○アイリス・レイン・アンヴレラの手紙

愛《いと》しい博士へ

博士は僕に手紙を書いてくれました。

だから僕も、博士に手紙を書きます。

もっとも、書いているのは『特別講義』のノートですけどね。


博士。

まず、いま一番嬉《うれ》しいことを書きます。

先週のことですが、リリスが目を覚ましました。

あ、リリスというのは、僕の新しい友人です。

おしゃべりで、勇気があって、とっても頼《たよ》りになる、僕の親友です。

庭の茂みで彼女を見つけたとき、僕はどんなに安堵《あんど》したことでしょう。

これも女神様のお導きでしょうか？　それとも博士のお力ですか？

彼女の髪《かみ》が金色であることを、僕はこの体に戻《もど》って初めて知りました。それまで僕の視界はモノクロでしたから。

金髪《きんぱつ》のリリスは一段とかわいいです。でも、まだメイド服を着るのは嫌《いや》がります。絶対似合うと思うのに。


博士。

僕にはリリスの他《ほか》に、もうひとり友人が出来《でき》たんです。

ボルコフという名前です。

彼は、僕とリリスを守るために、軍隊と戦い、そして亡《な》くなりました。

ラルフさんのはからいで、ひとかけらの黒い破片を、手に入れることができました。

研究所に調査資料として送られてきていた、ボルコフの体の一部です。

ボルコフのかけらは今も、リリスが大切に胸の奥にしまっています。


博士。

僕は博士を失ってから、いったんは自分の生き方が分からなくなりました。

でも、外の世界に出て、働いて、リリスとボルコフに出会って、まだぼんやりとだけど、自分のやりたいことが見えてくるようになりました。

博士は、『三流魔神《まじん》ウェザー・ダーク』という児童文学をご存知ですか。

これは不真面目《ふまじめ》な魔神ダークと、彼の教育係である魔法の指輪フラウ・スノウとの、魔法のアイテムを巡《めぐ》るトラブルを描《えが》いた物語です。

ああ、そうそう。ダークは博士にちょっと似ています。一見クールだけど、実はとっても優《やさ》しいところが。ダークは最後に、フラウ・スノウに新しい指輪を贈《おく》りました。博士も僕に新しい体をプレゼントしてくれました。

優しい魔神は最終巻を待たずして亡くなり、フラウは彼を失った悲しみでしばらく泣き続けます。でも、彼女は悲しみから立ち直ったときに、新しいことに挑戦《ちょうせん》します。かつてダークがそうしていたように、壊《こわ》れた魔法のアイテムを集めて、それを修理するんです。魔力が弱くなった魔法のアイテムたちに新しい『居場所』を作ることで、彼女は亡きダークの想《おも》いを受け継《つ》ぎ、それが彼女の新しい生き方となったのです。

だから僕も、彼女みたいにそういう『居場所』を作りたいと思いました。一言で言うと、ロボットの『駆《か》け込《こ》み寺《でら》』です。ご主人様を失ったり、家族から捨てられたり、戦争で使われなくなったり、工事現場で仕事がなくなったりしたロボットを、あの屋敷《やしき》で引き取ろうと思うんです。そして、みんなで協力して、働きに出て、お金を稼《かせ》ぐんです。稼いだお金はみんなの修理費やバッテリー代にします。

ラルフさんはこのアイデアに賛成してくれました。休みには修理やメンテナンスにつきあってくれるそうです。あの人、すごくいい人ですね。

リリスにこの『ロボット駆《か》け込《こ》み寺《でら》』のアイデアを話したら、開口一番、キリがないからやめておきなさい、と言われました。廃棄《はいき》ロボットは毎年何万台、何十万台と出るのだから、焼け石に水だ、お金の無駄《むだ》だ、と。

でも、この駆け込み寺の広告を出して、三日も経《た》たないうちに二十八番と五十五番が——あ、えっと、この番号は前の職場の同僚《どうりょう》のことなんですけど、彼らがアンヴレラ邸《てい》に電話をしてきました。電話を受けたリリスが一番驚《おどろ》いていました。一昨日《おととい》も八十六番から連絡《れんらく》がありましたし、昨日は全然知らないロボットがアンヴレラ邸に直接やってきました。こうなったら彼らをとことんコキ使おう、というのがリリスの今の方針です。工事現場でお金を稼《かせ》ぐコツを一から徹底的《てってい》に仕込むそうです。

なんだかとっても忙《いそが》しくなりそうです。

博士。すこしだけ、今でも気になっていることがあります。

あのジャンク屋のロボット、覚えていますか。ニュースにもなった、噴水《ふんすい》広場で暴れた大きなロボットのことです。

リリスに教えてもらったことですが、名前をライトニング・オー・ミリバールといいます。

彼はなぜ、暴れたのでしょうか。

僕はどうしても気になって、あとで商店街の方に訊《き》いたら、いつもの八百屋さんがこんなことを教えてくれました。

あのジャンク屋では、ご主人が、暴走の数日前に亡《な》くなっていたそうです。そしてロボットとご主人は、とても仲がよかったそうです。

博士は言ってましたよね。あのロボットは幻覚《げんかく》を見ていたんじゃないかって。

だから、と推論《すいろん》を進めるのは、性急にすぎるかもしれません。それでも僕は思うのです。きっと、あのとき彼が広場に向かったのは、そのご主人のことを追いかけたからじゃないかって。

ご主人を失った彼の気持ち、僕には痛いほど分かります。今でも博士のことを思い出すと、寂《さび》しくて、切なくて、胸が締《し》めつけられます。この手紙を書いてる今だって、けっこう手が震《ふる》えてるんですからね。

では博士。そろそろこの手紙もおしまいです。

リリスが階下から、僕を呼んでいます。今日は彼女と映画を見に行く予定です。帰りには本屋さんに寄って、魔神《まじん》ダークの最終巻を買ってこようと思います。

だから今日はこのへんで。

また、書きますね。

あなたのアイリスより

追伸《ついしん》。
博士、博士！
見てください、窓の外を！
なんて、なんてきれいな青空なんでしょう……。
僕はこんなふうに、あったかくて、よく晴れた日が大好きです。
でもね博士。
僕、雨の日だってけっこう好きなんですよ。
どうしてって？
ウフフ、そんなの決まってるじゃないですか。
だって、あの雨の日に、大好きな博士と出会えたんですから。

（了）

あとがき

はじめまして、松山剛《まつやまたけし》と申します。

この『雨の日のアイリス』は、第十七回電撃《でんげき》小説大賞の四次選考作品で、私にとって久々の新刊《しんかん》となります。何とぞよろしくお願いいたします。

本作はロボットが主人公です。そもそも『ロボット』という言葉は、チェコ語で『強制労働』を意味する『ｒｏｂｏｔａ（ロボータ）』が語源だそうです。人間のやりたがらない労働を肩代《かたが》わりする存在としてのロボット。血の通わぬ、痛みを感じぬ、物言わぬ便利な道具としての存在——私が『ロボット』という言葉から想像するイメージはそういうものです。このロボットを、もっと『人間らしい存在』として書いてみたら面白《おもしろ》いだろうな……と思い立ち、どうにか自分なりに仕上げてみました。

というわけで、今回はロボット視点の物語となりました。いささか大仰《おおぎょう》な言い方になりますが、『破壊《はかい》と再生』をテーマにして、全体を構成してみたつもりです。変形する巨大《きょだい》ロボもカッコイイ合体シーンも出てきませんが（何よりうまく書けているか甚《はなは》だ不安ですが）、ロボットたちの生きる姿を通じて、皆様《みなさま》の胸に何がしかの感情を喚起《かんき》できれば幸いです。

この本は多くの方々のおかげで世に出すことができました。

編集部の徳田《とくだ》様と土屋《つちや》様。改稿《かいこう》に際してはたいへんお世話になりました。昨年秋に編集部からお電話をいただいたときは本当に嬉《うれ》しかったです。そしてイラストレーターのヒラサト様、素敵《すてき》なイラストをありがとうございます。最初にいただいたラフは今も机の前に貼《は》っております。また、原稿《げんこう》を丹念《たんねん》にチェックしてくださった校閲《こうえつ》様。装丁《そうてい》を担当してくださったデザイナー様。アスキー・メディアワークスの皆様。まことにありがとうございました。

そして、アイリスの最初の読者であるSご夫妻、いつも際《きわ》どいオタク情報を提供してくださるK先輩《せんぱい》、高校時代から世話になりっぱなしのS氏とY氏、まっさきに出版祝いをしてくれたN氏とT氏、職場の皆様、中学・高校・大学の同級生・諸先輩方、いつもあたたかく見守ってくれる家族とご親戚《しんせき》の皆様。本当にありがとうございます。こうやって何とか書き続けてこられたのも皆様のおかげです。

そして今、この本を手に取って下さっている読者の皆様。心の底からありがとうございます。雨が降った日に、「そういやこんな作品もあったな……」なんて思い出していただけたら著者として望外の喜びです。

この本を、高校時代からのすばらしい友人で、ちょっと照れ屋で、いつも宴会《えんかい》を楽しく盛り上げてくれた、亡《な》き友・荒井《あらい》勲《いさお》君に捧《ささ》げます。

松山　剛

本書に対するご意見、ご感想をお寄せください。

■

あて先

〒160-8326 東京都新宿区西新宿 4-34-7
アスキー・メディアワークス電撃文庫編集部
「松山 剛先生」係
「ヒラサト先生」係

■

電撃文庫

雨《あめ》の日《ひ》のアイリス

松山《まつやま》 剛《たけし》

発行 二〇一一年五月十日 初版発行

発行者 髙野 潔

発行所 株式会社アスキー・メディアワークス
〒一六〇-八三二六 東京都新宿区西新宿四-三十四-七
電話〇三-六八六六-七三一一（編集）

発売元 株式会社角川グループパブリッシング
〒一〇二-八一七七 東京都千代田区富士見二-十三-三
電話〇三-三二三八-八六〇五（営業）

装丁者 荻窪裕司（META+MANIERA）

印刷・製本 加藤製版印刷株式会社

ISBN978-4-04-870530-1 C0193

電撃文庫創刊に際して

文庫は、我が国にとどまらず、世界の書籍の流れのなかで〝小さな巨人〟としての地位を築いてきた。古今東西の名著を、廉価で手に入りやすい形で提供してきたからこそ、人は文庫を自分の師として、また青春の想い出として、語りついできたのである。

その源を、文化的にはドイツのレクラム文庫に求めるにせよ、規模の上でイギリスのペンギンブックスに求めるにせよ、いま文庫は知識人の層の多様化に従って、ますますその意義を大きくしていると言ってよい。

文庫出版の意味するものは、激動の現代のみならず将来にわたって、大きくなることはあっても、小さくなることはないだろう。

「電撃文庫」は、そのように多様化した対象に応え、歴史に耐えうる作品を収録するのはもちろん、新しい世紀を迎えるにあたって、既成の枠をこえる新鮮で強烈なアイ・オープナーたりたい。

その特異さ故に、この存在は、かつて文庫がはじめて出版世界に登場したときと、同じ戸惑いを読書人に与えるかもしれない。

しかし、〈Changing Times,Changing Publishing〉時代は変わって、出版も変わる。時を重ねるなかで、精神の糧として、心の一隅を占めるものとして、次なる文化の担い手の若者たちに確かな評価を得られると信じて、ここに「電撃文庫」を出版する。

1993年6月10日
角川歴彦

電撃文庫

雨の日のアイリス

松山 剛
イラスト／ヒラサト

ISBN978-4-04-870530-1

ここにロボットの残骸がある。登録名称：アイリス。これは『彼女』の精神回路《マインド・サーキット》から抽出されて分かったその数奇な運命、そして出会いと別れの物語である……。

ま-13-1 2134

なれる！SE 2週間でわかる？SE入門

夏海公司
イラスト／lxy

ISBN978-4-04-868605-1

きつい！　厳しい！　帰れない！　そんな3Kと戦うシステムエンジニアの過酷な日々を描く問題作。でも、ヒロインは年齢不詳のかわいい女の子なのです。

な-12-6 1965

なれる！SE2 基礎から学ぶ？運用構築

夏海公司
イラスト／lxy

ISBN978-4-04-868937-3

無事にOJTを乗り越えた工兵が出会った女の子はなぜか立華と犬猿の仲で!?　とある携帯RPGのインフラをめぐって構築と運用の不倶戴天の戦いがはじまる！

な-12-7 2025

なれる！SE3 失敗しない？提案活動

夏海公司
イラスト／lxy

ISBN978-4-04-870181-5

とある企業から出入り禁止処分を喰らった社長に代わり、工兵が営業をすることに。しかも数千万規模の案件で競合は超大手企業ばかり。はたして勝算はあるのか!?

な-12-8 2069

なれる！SE4 誰でもできる？プロジェクト管理

夏海公司
イラスト／lxy

ISBN978-4-04-870528-8

とある出版社の本社移転のプロジェクトマネージャーを無茶振りされた工兵。迫る期限、ごねるベンダー各社を前に、未経験のPM業務を完遂できるのか!?

な-12-9 2129

電撃文庫

イスカリオテ

三田 誠
イラスト／岸和田ロビン

ISBN978-4-04-867348-8

人間をただの奇蹟に貶める回路——断罪衣《イスカリオテ》をまとい、自分を騙し、セカイを騙すため、九瀬イザヤは戦いの舞台に立つ——三田誠が放つ期待の新シリーズ！

さ-10-5 1682

イスカリオテII

三田 誠
イラスト／岸和田ロビン

ISBN978-4-04-867594-9

玻璃の異変、新たな修道士の赴任、そして〈獣《ベスティア》〉の襲撃——。刻々と変化する事態を前にイザヤの決断は!? 罪と罰の織りなすアイロニック・アクション第2弾！

さ-10-6 1733

イスカリオテIII

三田 誠
イラスト／岸和田ロビン

ISBN978-4-04-867909-1

生徒会の一行と海へやってきたイザヤは、聖戦で死んだはずの修道士と出会う。はたしてその正体とは!? 罪と罰の織りなすアイロニック・アクション、第3弾！

さ-10-7 1799

イスカリオテIV

三田 誠
イラスト／岸和田ロビン

ISBN978-4-04-868205-3

眷族を従える謎の〈獣《ベスティア》〉。それを追う断罪衣《イスカリオテ》使いたち、そして裏の人格と相克する玻璃。それぞれ葛藤と戦いを描くアイロニック・アクション第4弾！

さ-10-8 1874

イスカリオテV

三田 誠
イラスト／岸和田ロビン

ISBN978-4-04-868544-3

十二月、クリスマスを控え賑やかな空気に包まれる街に、蘇ったあの男の脅威が迫る——。罪と罰が織りなすアイロニック・アクション、第5弾！

さ-10-9 1944

電撃文庫

俺の妹がこんなに可愛いわけがない
伏見つかさ
イラスト／かんざきひろ
ISBN978-4-04-867180-4

「キレイな妹がいても、いいことなんて一つもない」妹・桐乃と冷戦状態にあった兄の京介は、ある日突然、桐乃からトンデモない〝人生相談〟をされ……。

ふ-8-5 1639

俺の妹がこんなに可愛いわけがない②
伏見つかさ
イラスト／かんざきひろ
ISBN978-4-04-867426-3

「責任とりなさい！」とある理由で桐乃を怒らせた京介に下った指令（人生相談）とは、『夏の想い出』作り。どうも都内某所で、なんたらとかいう祭りがあるらしく……。

ふ-8-6 1696

俺の妹がこんなに可愛いわけがない③
伏見つかさ
イラスト／かんざきひろ
ISBN978-4-04-867758-5

お互いの書いた小説で口論になった桐乃と黒猫。ところが何を間違ったのか、桐乃の書いた「ケータイ小説」が絶賛されて、近々作家デビューすることに……!?

ふ-8-7 1744

俺の妹がこんなに可愛いわけがない④
伏見つかさ
イラスト／かんざきひろ
ISBN978-4-04-867934-3

沙織が開いた桐乃のケータイ小説発売記念パーティに招かれた京介。そこには何故かメイド姿の桐乃がいて……。そして、桐乃の〝最後の人生相談〟とは——？

ふ-8-8 1803

俺の妹がこんなに可愛いわけがない⑤
伏見つかさ
イラスト／かんざきひろ
ISBN978-4-04-868271-8

「じゃあね、兄貴」——別れの言葉を告げ、俺のもとから旅立った桐乃。……別に寂しくなんかないけどな。〝先の読めない〟ドラマチックコメディ、第5弾！

ふ-8-10 1876

電撃文庫

俺の妹がこんなに可愛いわけがない⑥
伏見つかさ
イラスト／かんざきひろ
ISBN978-4-04-868538-2

あやせから新たな相談を受けたり、友人の赤城とアキバ巡りをしたりと、いつもの（？）騒々しい日常が戻ってきたかと思いきや……沙織の様子がおかしい!?

ふ-8-11 1938

俺の妹がこんなに可愛いわけがない⑦
伏見つかさ
イラスト／かんざきひろ
ISBN978-4-04-870052-8

「――あんた、あたしの彼氏になってよ」桐乃の思わぬ〝告白〟に、京介は――？ シリーズ最大級の山場（？）を迎える、ドラマチックコメディ第7弾!!

ふ-8-12 2031

俺の妹がこんなに可愛いわけがない⑧
伏見つかさ
イラスト／かんざきひろ
ISBN978-4-04-870486-1

「私と付き合ってください」新たな局面を迎えた恋愛模様。黒の予言書『運命の記述』に秘められた少女の〝願い〟とは!? 兄妹の関係にも、一大転機が訪れる――？

ふ-8-13 2122

れでぃ×ばと!
上月 司
イラスト／むにゅう
ISBN4-8402-3559-7

見た目は極悪不良な高校生、日野秋晴。そんな彼が編入したのは、執事さんやメイドさんを本気で育てる専科だったりして……!?

こ-8-7 1323

れでぃ×ばと!②
上月 司
イラスト／むにゅう
ISBN978-4-8402-3687-4

見た目小学生な先輩が胸に秘める悩みとは……？ 執事を目指す、見た目極悪（でも実はビビリ）な日野秋晴のお嬢様&メイドさんまみれな日々をお楽しみあれ♡

こ-8-8 1376

れでぃ×ばと!③
上月 司
イラスト／むにゅう
ISBN978-4-8402-3841-0

夏休み。しかし休みとて従育科は試験があるわけで、秋晴は試験でセルニア宅にお泊まりする事になったわけで!? 執事候補生×お嬢様ラブコメ第三弾ですっ♪

こ-8-9　1425

れでぃ×ばと!④
上月 司
イラスト／むにゅう
ISBN978-4-8402-3941-7

「ねぇ秋晴、デートしましょう?」――腹黒幼馴染み・朋美の爆弾発言が、さらなる波乱を呼び起こす!? 恋の逆鞘当て合戦がそりゃもう大過熱の第四巻登場っ!!

こ-8-10　1474

れでぃ×ばと!⑤
上月 司
イラスト／むにゅう
ISBN978-4-8402-4121-2

秋も深まる二学期到来。秋といえば体育祭! というわけで、朋美とセルニアは「秋晴と一緒に遊園地へ行く権」をめぐって体育祭で直接対決!? 第五弾ですっ。

こ-8-11　1526

れでぃ×ばと!⑥
上月 司
イラスト／むにゅう
ISBN978-4-04-867017-3

とうとう朋美vsセルニアの直接対決に決着が……! 遊園地に遊びに行く権利を得るのは一体誰なのかッ!? 風雲急を告げまくる第6巻ですっ。

こ-8-12　1577

れでぃ×ばと!⑦
上月 司
イラスト／むにゅう
ISBN978-4-04-867216-0

深夜の白麗陵に蠢く陰謀……今、あのお嬢様&従者が新たな罠を仕掛ける!! さらに王女さまが大暴れしたり腹黒幼馴染みが大ピンチでもう大変な第7巻なのですっ。

こ-8-13　1650

電撃文庫

れでぃ×ばと！⑧
上月 司
イラスト／むにゅう

ISBN978-4-04-867765-3

学園祭のミスコンで審査員をすることになってしまった秋晴。もちろん朋美とセルニアがエントリーしている訳で、ということは秋晴がどっちかを選ぶという訳で……!?

こ-8-14 1751

れでぃ×ばと！⑨
上月 司
イラスト／むにゅう

ISBN978-4-04-868011-0

二人っきりで雪山遭難したり、セルニアに『してあげる』ことになったり、四季鏡姉妹がやる気を出してしまったり!? あっちこっち大混乱な第9巻ですっ！

こ-8-15 1821

れでぃ×ばと！⑩
上月 司
イラスト／むにゅう

ISBN978-4-04-868274-9

アキバ系王女様ピナ、生粋の英国令嬢セルニア、さらにドジっ娘メイド早苗とまであんなことやこんなことを!? お嬢様&メイドさんと逢い引き3連発な最新巻ですっ！

こ-8-16 1879

れでぃ×ばと！⑪
上月 司
イラスト／むにゅう

ISBN978-4-04-868394-4

秋晴の次なる試練（?）は、朋美とセルニアによる下着試着勝負の審査員で……!? TVアニメ絶賛放送中！〝れでぃー〟と〝ばとらー〟の最新巻登場ですっ！

こ-8-17 1909

れでぃ×ばと！⑫
上月 司
イラスト／むにゅう

ISBN978-4-04-870489-2

自身の気持ちを認めたセルニアと朋美は、ついに秋晴へ、禁断の告白を!? さらに大地までも敢行し……！ クライマックスまっただ中、告白だらけの第12巻、登場ですっ！

こ-8-19 2123